DREAMBOOKS ★

강령술사

FUSION FANTASY STORY & ADVENTURE

정은호 퓨전판타지 장편소설

5

dream
books
드림북스

강령술사 5

초판 1쇄 인쇄 2015년 7월 23일
초판 1쇄 발행 2015년 7월 30일

지은이 정은호
발행인 오영배
책임편집 편집부

펴낸곳 (주)삼양출판사 · 드림북스
주소 서울시 강북구 도봉로 173
대표 전화 02-980-2112 **팩스** 02-983-0660
출판등록 1999년 3월 11일 제9-00046호

© 정은호, 2015

ISBN 979-11-313-0318-4 (04810) / 979-11-313-0313-9 (세트)

드림북스는 (주)삼양출판사의 판타지 · 무협 문학 브랜드입니다.

강령술사

5

정은호 퓨전판타지 장편소설

FUSION FANTASY STORY & ADVENTURE

dream
books
드림북스

목차

Chapter 1
테르무그 공작령

"자꾸 머리가 아파 오는데."

알스는 머리를 부여잡고 잔뜩 인상을 찌푸렸다. 머리가 지끈지끈 아파오는 게, 예삿일이 아니었다.

"원래 내가 머리가 아팠었나?"

"웬만하면 안 아프십니다."

머리가 아프거나 속이 메스껍다거나. 인간이 일으키는 생리현상이나 그런 것들은, 말 그대로 신체적인 문제가 있을 때 일어난다. 하지만 이미 완벽한 육체를 지니고 있는 알스는, 신체에 이상이 생길 수가 없었다.

그런데 두통이 있다고 한다.

테카르탄은 고개를 갸웃거렸다.

"아프다는 게 정확히 무엇입니까?"

"누군가가 나를 조종하고 있는 듯한 더러운 기분? 아니 그것보단…… 누군가가 날 부르고 있는 기분도 들어."

"그렇다면 그게 맞는 것입니다. 당신은 머리가 아플 리가 없으니까요."

"흠. 그런 건가? 그런데 누가 날 부르지? 영혼인가? 그럴 리 없지 않아?"

영혼들은 자신의 자유를 찾았다. 그 때문에 누군가가 자신들을 구속하려 든다면 강력히 반발하고, 숨는다.

경식. 에리오르슈 쿠드에게도 그럴진대, 아류인 자신에게 구속받고 싶은 영혼은 없다 해도 과언이 아니다.

그런데 자신을 부르고 있었다.

분명히 그것은 영혼이었다.

"누군가가 강력히 나를 부르고 있어."

"확실하다면, 움직여야지요. 지금 쫓고 있는 영혼은 다음에 찾아갑니다. 의외롭지만 먹히길 원하는 영혼이 있다면 그쪽이 먼저입니다."

그들은 지금 마도국이 정확한 위치를 찾아낸 영혼을 우선 찾아가고 있었다. 그것이 편하고, 빠르다.

그리고 사실상 알스는 원거리에서 영혼을 찾아내는 능력

을 가지고 있지도 않으니 그런 영혼밖에 찾아가질 못한다.

그러니 위치를 아는 영혼보단, 자신을 잡아달라고 부탁하는 영혼을 찾아가는 것이 훨씬 이득이었다.

가던 길을 돌릴 만큼 매력적이었다.

하지만 알스는 고개를 저었다.

"그러지 않아도 될 것 같은데?"

"행선지를 돌리는 게 이득입니다."

알스는 손가락으로 걸어가고 있던 길을 가리켰다.

"왜냐면 방향이 같거든. 아마도 그놈이 나를 부르는 것 같은데?"

"부르는 곳을 알 수 있습니까?"

영혼의 흔적을 쫓지는 못하지만, 부르는 영혼이 얼마큼 멀리 떨어져 있는지는 알 수 있는 듯했다.

"제국의 수도야."

"두 영혼이 같은 곳에 있을 가능성은 희박하지요."

그 말에 알스가 확신에 차서 고개를 끄덕였다.

"그놈이 나를 부르고 있어."

"오히려 좋군요. 근처에서 찾으러 다닐 필요가 없습니다."

대략적인 위치를 아는 것과, 정확한 위치를 아는 것은 전혀 다른 것이다.

"얼마나 걸려?"

"20일입니다."

"거참 오래도 걸리네."

"마을을 들러서 좋을 것이 없습니다. 일단은 수배가 걸려 있으니까 말입니다."

"알아. 안다고. 거참."

알스는 짜증을 부리며 앞으로 걸어 나갔다.

"나를 부르는 영혼이라. 기대되네."

그의 마음은 약간 설레고 있었다.

*　　　*　　　*

"호오⋯⋯."

경식은 걸음을 옮길 때마다 눈을 뗄 수 없는 아름다운 풍경들을 마주하며 감탄하고 있었다.

"이것은 로코코 양식도 아닌 것이⋯⋯ 바로크 양식도 아닌 것이⋯⋯ 요상하게 서양스럽고 동양미가 있고 그러네? 과연 공작쯤 되는 귀족의 저택은 정원만 들어서도 아름답다는 건가?"

그렇다.

지금 경식 일행은 공작 저택을 거닐고 있었다.

테르무그 공작령.

란시아를 고용한 가문이자, 제국에서 둘째가라면 서러울 정도로 권위로운 가문. 그 가문은 처음 들어설 때부터 사람을 놀라게 하는 무언가가 있었다.

"제이크도 이 광경을 봤으면 좋아했을 텐데, 아쉽네."

슈아는 놀라고 있는 경식을 흘낏 쳐다보며 조곤조곤 타일렀다.

"쉿. 삼촌 이야기는 안 하는 게 좋을 것 같아. 현상금도 유효하고. 그래서 이곳에 같이 못 온 거잖아."

"으음. 그렇긴 하지."

"오라버니도 지금 조심해야 해. 그래서 오라버니 이름도 바꾼 거잖아."

"그, 그렇지."

지금 경식은 쿠드라는 이름을 감추고 '스미스'라는 이름을 사용하고 있었다. 제이크와 같은 이유로, 경식 역시 수도에서는 위험한 상황이라 어쩔 수 없는 처방이었다.

물론 경식은 제이크와 달리 신체적인 특징이 도드라지지 않으니, 이렇게 이름을 숨기고 변장을 할 수 있는 것이었지만 말이다.

[우와. 예뻐. 예쁘장해애애애.]

구미호는 주변 풍경을 바라보며 꿈이라도 꾸는 듯한 표정을 짓고 있었다. 그러다가 문득 주변이 허전한 것을 확인하곤 고개를 갸웃거린다.

[그런데 왕년 노인은 어디에 있어? 아까까지만 해도 있었 잖아?]

그 말에, 유일하게 대답할 수 있는 경식이 어깨를 으쓱였 다.

"놀러 갔나 보지. 개별행동 할 수 있잖아."

[흐응. 그건 그렇지. 부럽다, 부러워. 개별행동 부러워~]

왕년 노인은 어디에도 얽매이지 않은 자유로운 영혼이었기 때문에 어디든 갈 수 있다. 그 스스로는 경식에게 약간 묶여 있다는 듯이 말을 하는 것 같지만, 꼭 그렇지도 않다고나 할 까?

[여기에 있었다면 지는 왕년에 더 멋진 정원 봤다고 자랑질 을 더럽게 해 댈 텐데. 차라리 잘 됐어!]

"그래도 없으니까 아쉽기도 하지?"

[그런가? 헤헤.]

"언제 그랬냐는 듯 돌아오겠지~"

옆에서 듣고 있던 슈아가 경식의 옆구리를 콕 찔렀다.

"말 크게 하지 마. 혼잣말 하는 것처럼 보이잖아. 실지로 그렇기도 하고."

[나랑 이야기하는 거거든! 네가 못 듣는 것뿐이거든! 나 없 는 사람 취급하지 말아줄래?]

하지만 그게 슈아에게 들릴 리 없다.

셋이 그러고 있는 사이, 정원을 모두 지나치고 거대한 건물이 모습을 드러냈다.

그리고 그곳에는 점잖게 늙은 집사 한 명이 그들을 기다리고 있었다.

"기다리고 있었습니다. 일단 올라가시지요."

그곳은 귀빈을 대접하기 위해 따로 준비해 놓은 별관 같은 곳이었다.

*　　*　　*

걷는 내내 보이는 풀플레이트 메일들을 바라보며 경식은 압도당하는 무언가를 느꼈다. 방으로 향하는 100미터 안에 적어도 200명의 기사가 지키고 있는 느낌이랄까? 갑옷 역시 하나하나 최고급이 아닌 것들이 없었다.

곧이어 보이는 거대한 문. 그 위에는 거대한 초상화가 걸려 있었다.

한 노인의 초상화였다.

검날 같은 눈썹에 꾹 다문 입술. 강퍅해 보이는 눈초리. 어쩐지 계속 바라보고만 있게 되는 60대 노인이었다.

그리고 옷으로 가리지도 못할 정도로 터질 듯한 근육은, 금방이라도 그림에서 튀어나올 것처럼 울끈불끈 솟아 있었다.

'제이크가 근육돼지라면, 저 사람은 그냥 멧돼지랄까?'

근육은 제이크가 더 우람하지만 뭐랄까. 노인의 몸은 단검으로 찍어도 피 한 방울 날 것 같지 않은 오밀조밀한 근육으로 꽉 들어차 있다는 느낌이다.

"에이, 초상화니까 저렇게 그린 거겠지."

부지불식간에 혼잣말이 튀어나왔는데, 잘 걷던 늙은 집사가 우뚝 멈춰 서더니 허허롭게 웃는다.

"헐헐헐. 저분의 모습은 한 치의 과장됨도 없습니다. 살아생전 본연 그대로의 모습이지요."

"아아…… 그렇군요? 실례했습니다."

"괜찮습니다."

"유명한 사람이신가 봐요?"

그 말에, 늙은 집사가 또다시 헛웃음을 터뜨렸다.

"테르무그 그란츠 님이십니다."

"……?"

그렇게 말해 봤자 경식이 알 리가 없다. 그리고 그 표정을 본 늙은 집사의 얼굴에 모멸감이 살짝 얼비치려 할 때였다.

"호호홋. 산속에서 수련만 하다 온 촌뜨기라서 그래요. 너, 무식한 거 티내니?"

복도 쪽에서 경식 일행을 보고 다가오던 그녀의 발걸음은 더 빨라졌다.

목소리의 주인공. 그렇다. 그녀는 경식 일행을 이곳으로 부른 장본인인 란시아였다.

경식은 란시아에게 인사도 하지 못한 채 멍하니 고개를 갸웃거렸다.

"네?"

"어떻게 테르무그 그란츠 님을 모를 수가 있니? 이 가문을 만드신 분이자, 이 대륙에서 인간이라는 종족을 지켜내신 분인데!"

"그, 그래요?"

이 정도면 시종일관 웃는 낯으로 친절하게 경식 일행을 맞이했던 노집사의 얼굴에 언짢다는 기색이 비칠 만했다. 대륙 사람이라면 누구나 다 아는 그가 속한 가문의 선조를 몰라보니 그럴 수밖에.

보고 있던 슈아가 한숨을 푹 내쉬며 경식에게만 들릴 듯 옅게 속삭였다.

"에리오르슈 가문과 함께 제국을 있게 해 준 개국공신인 테르무그 그란츠. 그가 세운 가문이 테르무그 가문이야. 그리고 저 사람은 테르무그 그란츠의 살아생전 초상화이고."

"……빨리 말해 줘서 고맙다."

"흥. 이 정도도 모를 줄은 몰랐지. 멍청한 오라버니 같으니라고."

울컥!

그저 모를 뿐이거든?

경식이 뭐라고 말을 하려 할 때, 란시아가 다가와 말을 받았다.

"꼬맹이는 지금 테르무그 가문에서 테르무그 그란츠가 누구냐고 물어본 거야. 세 살 박이 꼬맹이도 테르무그 그란츠의 영웅적인 노래를 들으며 자라난단다."

한국으로 따지면 대통령 이름 모르는 것과 비슷한 느낌인가 보다.

"으음. 내가 뭐 잘 알아야 말이지. 이럴 때 왕년 노인은 어디에 있는 거야? 구구절절 설명해 주던 게 그리울 줄은 또 몰랐네."

왕년 노인이 있었다면 자기가 알아서 블라블라 떠들었을 텐데…….

그런 생각을 하며, 경식은 다시금 테르무그 그란츠라는 늙은 영웅의 초상화를 유심히 살펴봤다.

"……왠지 낯이 익은데."

기분 탓이겠지.

고개를 저은 경식은, 삐쳐서(?) 안내도 안 하고 문 쪽으로 휙 사라져 버린 노인의 뒤를 따라 문을 열고 안으로 들어갔다.

그곳엔 그들이 만나기로 한 이들이 먼저 앉아 경식 일행을
기다리고 있었다.

*   *   *

그곳엔 한 명의 중년인과, 한 명의 청년이 상석에 앉은 채
경식 일행을 바라보고 있었다.

중년인은 한 중반쯤 되어 보였고, 청년은 중년인이 20년쯤
젊으면 저렇게 생기지 않을까, 싶을 정도로 중년인과 닮아 있
었다.

테르무그 공작가의 주인인 테르무그 노드와 그의 아들인
테르무그 아란츠였다.

"반갑네. 테르무그 가문의 주인일세. 자네들이 란시아가
말한, 이 일의 조력자들인가? 그렇다면 자네가 스미스라는
자로군?"

"……."

스미스.

그것은 경식을 부르는 말이었다.

'으음, 역시 익숙지 않군.'

그런 생각을 하며, 경식이 고개를 약간 숙여 예를 갖췄다.

"스미스라고 합니다. 이렇게 만나 뵙게 되어 영광입니다."

경식의 대답에 테르무그 공작은 대답하지 않았다. 그는 대답 대신, 다른 것을 경식에게 쏘아 냈다.

그것은 항거할 수 없는, 테르무그 공작 특유의 마나였다.

마나를 상대에게 쏘아내어 위압감을 조성하는 기법!

그것을 기사들 사이에선 '마나 프레셔' 라고 부른다.

"읍?"

경식의 눈이 부릅떠졌다. 뭔가 소울 에너지와 비슷한 것이 온몸을 옥죄어 들어왔다.

'숨이 막혀 와.'

경식은 재빨리 소울 에너지를 끌어올렸다. 경식의 눈에만 보이는 보랏빛 아지랑이가 피어올라 무형의 힘과 팽팽하게 맞섰다.

그렇게 5초.

테르무그 노드는 경식이 숨을 헐떡이거나 무릎을 꿇고 있지 않다는 걸 확인하곤 싱긋 웃었다.

"무력이 달리는 이가 아니로군."

"불러놓고 갑자기 이러시면 곤란합니다."

경식은 상당히 당황한지라 막말이 나왔고, 그것을 듣던 그의 친아들. 테르무그 아란츠가 사람 좋은 웃음을 지으며 양해를 구했다.

"용서하십시오. 아버지의 장난이 지나치신 감이 있으십니다."

그 말에, 테르무그 노드가 도끼눈을 하고 아란츠를 노려본다.

"인사쯤으로 생각하면 고맙겠군. 이 정도 인사도 받지 못한다면 이번 일에 함께할 수 없지."

'거참 더럽게 무게 잡네.'

경식은 속으로 그렇게 빈정거렸다. 사람을 처음 맞대면하자마자 대놓고 견제하는 두 사람의 모습이, 영 마음에 들지 않았다.

'우선 기죽이고 본다 이 말인가? 진짜 같이 일하기 싫어지게 만드네.'

하지만 아쉬운 것은 경식이었다. 아쉽지 않았더라면 신분을 들킬 위협을 무릅쓰고 이곳에 오지도 않았으리라.

경식이 이곳에 온 이유는 두 가지였다.

첫 번째. 란시아와 동업하기 위해서.

처녀 납치 사건의 진상을 밝히기 위해선 란시아와 동업하는 게 좋고, 그러려면 란시아를 고용한 고용주에게 재고용되는 게 편하기 때문이다.

게다가 어차피 하는 일이라면 돈 받으면서 하는 것도 나쁘지 않고 말이다.

그리고 두 번째는,

경식 일행이 하려는 계획에 공작가의 자금력이 필요하기 때문이었다.

옆에 있던 슈아가 물었다.

"저희에겐 범인을 잡을 방법이 있습니다."

"그렇다 하여 이렇게 불렀지. 그런데 그게 무슨 방법인가?"

테르무그 공작의 말에 슈아가 자신 있게 대답했다.

"저는 마법사입니다. 그것도 꽤나 유능한 마법사이지요."

"내 가문에는 마법사들이 많네. 저택에 묵고 있는 아온스만 해도 4서클의 마스터지. 자네의 나이로는…… 잘하면 3서클이나 넘겠는가?"

보통. 마법사들에게 '벽'이라고 불리는 서클의 단계가 바로 5서클이었다. 5서클의 벽을 못 넘고 낙담하는 마법사들이 많다. 5서클에 도달하기 위해서는 노력이 아닌 재능이 필요하기 때문이었다.

물론 마법사 자체가 재능이 있기에 가능한 직업이지만, 5서클이 되려면 그 재능 중에서도 특출 난 재능이 필요한 것이다.

그러니 대부분의 마법사들이 노력해서 올라갈 수 있는 경지는 4서클이 끝이라고 봐도 좋았다. 4서클만 되어도 이렇게 공작령에서 융숭한 대접을 받는 것이다.

5서클은 재능 있는 상위 마법사다. 마법사 100명 중 1명도 되기 힘들다.

6서클은 대마법사. 5서클 100명 중 1명도 되기 힘들다.

7서클은 마도사 급으로써, 6서클의 마법사 1000명 중에 1명이 오를 수 있을까 말까 한 지고한 경지였다.

그런 이들은 대부분 마탑의 탑주이거나, 8서클로 올라가기 위해 은거를 하여 세상에 잘 나오지 않는다.

8서클이 되면, 그것은 대마도사급으로서 인간이 도달할 수 있는 최고의 경지라 일컬어진다.

대륙의 역사상 단 한 명.

마도국의 총수이자 현존 마법사 서열 1위인 살아 있는 전설.

드레이크 슈비츠가 유일했다.

그러니, 4서클 마스터 정도면 꽤나 높은 경지에 이른 존재인 것이다.

슈아가 피식 웃으며 말을 이어 갔다.

"저는 5서클입니다."

"……!"

테르무그 공작의 눈이 크게 부릅떠졌다가 다시금 돌아왔다.

"대단하군."

"그리고 여타의 5서클 마스터들도 제대로 할 수 없는 것을 할 수 있지요. 물론……."

슈아가 싱긋 웃으며 엄지와 중지를 비볐다.

"약간의 돈이 필요하지만. 가능하시죠? 꽤 많이 들어갈 텐데요."

그 말에, 테르무그 공작이 피식 웃으며 말을 이어 갔다.

"고작 내 구역의 처녀들이 납치당하고 있다는 것만으로 천만금을 써야 한다는 건가?"

"……."

그 말에 좌중이 조용해졌다.

인간적으로는 무자비해 보이지만, 한 가문을 이끌어 가는 수장으로선 타당한 생각이기도 했다.

슈아의 표정이 점점 굳어갈 때,

테르무그 공작이 입을 열었다.

"당연히 그렇게 해야지. 나 역시 딸이 있는 아버지일세. 비록 그 딸이…… 부끄러운 딸일지라도 말이지."

테르무그 공작이 마른 미소를 지으며 고개를 휘휘 젓는다. 그것을 보는 테르무그 아란츠 역시 씁쓸한 표정을 지었다.

그런데 그 씁쓸한 표정에 아련함이 묻어나고 있는 것은 왜일까?

알 수 없는 일이고, 굳이 알 필요도 없는 일이라고 그때는
생각했다.

*   *   *

"저희 아버지께서 약간 가부장적이십니다."

"그래 보여요."

테르무그 아란츠의 말에, 슈아가 콧방귀를 뀌며 그리 말했
다. 테르무그 아란츠는 머리를 긁적거리며 그런 슈아에게 미
안하다는 듯 배시시 웃었다.

원체 잘생긴 얼굴이다 보니, 그 웃음에 슈아의 얼굴이 약
간 붉어진다.

"하지만 마음속은 무척 따사로운 분이시지요. 여러분들을
그냥 보내지 않고, 귀빈 대접실로 모시라고 한 것도 아버님의
분부십니다. 부디 편히 쉬시길 바랍니다."

깍듯이 슈아에게 인사를 끝마친 아란츠가 경식을 바라본
다.

"잘 부탁드립니다."

"아이쿠, 저야말로."

경식은 아란츠가 건넨 손을 맞잡고 흔들었다.

아란츠의 손에 힘이 꽉 들어간다.

"언제 한번 대련 부탁드립니다."

"아…… 예?"

"아버지의 기운을 받아내신 것. 감탄했습니다. 어떤 방법으로 받아내셨는지 궁금하군요. 확실히 마나는 아니었던 것 같습니다."

'소울 에너지인데요.'

하지만 경식은 소울 에너지에 대한 것을 말할 수 없었다. 그것을 밝히는 순간, 경식이 에리오르슈 가문임을 들키게 될 것이다. 제국의 수도에서 그것은 상당한 위험했다.

"그, 그러도록 하지요."

"꼭 부탁드립니다!"

사람 좋은 웃음을 짓고 있는 이 남자는, 참으로 잘생기고 몸도 좋았다. 그는 부잣집 도련님 특유의 거만함도 없었다.

그가 돌아간 후, 란시아가 다가와서 싱긋 웃어 보인다.

"저 남자. 정말 괜찮지?"

경식이 고개를 끄덕였다.

"그러게요. 남자인 제가 봐도 멋진 남자입니다. 여성분으로 치면 팔방미인 정도?"

"어머. 그건 나잖니?"

"풋!"

옆에 있던 슈아가 그 소리에 풋 하고 웃는다. 하지만 란시아가 째려보자, 언제 그랬냐는 듯 마법서적을 펼치고 읽는 척을 한다.

　한참 동안 슈아를 노려보던 란시아가 싱긋 웃으며 이야기를 마저 이어 갔다.

　"고위 귀족의 자제가 저렇게 올바른 경우도 드물어. 나에게 치근덕대지도 않고……."

　[노처녀한테 관심이 없나보지~]

　옆에 있던 구미호가 빈정거렸다. 물론 들리진 않으니 이야기가 계속 되었지만 말이다.

　"아란츠라는 이름 역시 초대 가주인 그란츠의 이름을 따서 지었다고 하더라고. 보기 드문 올곧은 성품에…… 그가 공작가를 이어받게 되면 아마 공작가는 더더욱 성장하겠지."

　"상당히 후한 점수를 주네요?"

　경식이 의외라는 듯 눈썹을 올리며 말했다. 조금 불퉁한 목소리가 흘러나왔다.

　"후훗. 서운하니?"

　란시아가 그리 말하며 경식의 머리를 쓰다듬어 주었다.

　"물론 우리 쿠드 역시 내가 눈여겨보는 새싹이란다. 아 참! 여기서는 스미스였나?"

　경식은 얼굴을 붉히며 란시아의 손을 머리에서 치웠다.

　"어찌 되었건 며칠 동안은 이곳에 있어야 해요. 슈아 역시 내일부터 아티팩트 작업에 들어간다고 했고…….”

“10일.”

슈아가 경식의 말을 끊었다.

“10일 정도는 소요돼. 그 이후에…… 우리는 그 납치범을 잡을 거야.”

그리 말하며 슈아가 침대에 누웠다. 내일부턴 작업으로 인해 바빠진다는 이유에서였다.

“나는 잠깐 나가 볼 곳이 있으니 가 봐야겠어.”

란시아는 눈을 찡긋 하며 바깥으로 나가 버렸다.

경식은 머리를 긁적이다가 4개의 침대 중 하나에 누워 눈을 감았다.

그러자 꽤나 반가운 목소리가 들려 왔다

—헐헐헐헐. 벌써 자는 것인가?

왕년 노인이었다.

[이 노인네야! 지금까지 어디에 있었어?]

틱틱대긴 했지만 목소리에는 반가움이 가득 담겨 있었다.

—헐헐. 구 선생 내가 보고 싶었나 보오?

[……그럴 리가 없잖아!]

—헐헐! 아닌 것 같은데 말이외다?

“어디에 있으셨던 거예요?”

왕년 노인이 어깨를 으쓱해 보였다.

―어디에 있건 그게 무슨 상관이겠는가? 제이크에게도 들렀다가, 이곳저곳 둘러보고 왔지. 내가 알던 수도와 많이 달라져 있더군. 덤으로 그 납치범인가 뭔가 하는 이도 찾아보려고 노력을 해봤지만 허사였네. 아! 제이크가 자네를 보러 오겠다는 걸 극구 말렸다네. 잘했지?

"저, 정말 잘한 일이시네요. 제이크가 이곳으로 왔다면⋯⋯."

"주인니이이이이임! 하면서 삼촌은 오도방정을 떨었겠지."

"여기서 이러시면 안 된다며 다가온 경비의 창을 부러뜨리고."

[집어던져서 벽에 장식물로 박아 넣었을 수도 있어.]

―헐헐헐. 보지 않아도 그림이 그려지는구먼.

헐헐 하며 웃던 왕년 노인이 덧붙였다.

―아! 그리고 제이크가 그러더군. 가급적이면 소울에너지를 사용하지 말라고 말일세. 발현은 좋지만, 뿜어내는 것은 하지 말라고 하더군.

소울 에너지의 발현은 소울 베슬 1단계의 중간에 해당하는 부분이었다. 하지만 발출은 1단계의 후반 부분이다.

"헤에. 찾아온다고 날뛴 주제에 그런 데에선 철저하네요?"

―아마 이단심문관이 제이크와 자네를 찾을 수 있다고나 할까? 그렇다고 하더군.

"그럴 수도 있겠네요."

경식은 잠시 아그츠의 모습을 떠올리고는 고개를 회회 저었다.

"으으, 생각하기도 싫군."

─전달사항은 다 전달했으니 나는 가보겠네.

[또 어딜 가려고? 나랑 놀자~ 여기서 내 말 받아주는 건 너밖에 없단 말이야!]

구미호가 칭얼거리자, 왕년 노인이 답지 않게 진지한 표정을 지으며 말했다.

─난 솔직히 이곳이 마음에 들지 않아서 말이오. 이유는 묻지 마시오.

"그래요. 그러죠."

…….

왕년 노인의 의미심장한 얼굴이 탁 풀렸다.

─사, 사실 왜냐하면 내가…….

"어서 가셔요."

─힝! 너무하는구먼!

왕년 노인은 서운함을 가득 담아 그렇게 말한 후 벽을 뚫고 바깥으로 나가 버렸다. 그러다가 뒤를 돌아 고개를 빼꼼히 내밀더니 경식에게 당부했다.

─아! 혹시나 해서 하는 말이네만, 이곳에서 경거망동 하

지 말게. 부탁일세.

"음? 경거망동이요? 충분히 조심하고 있습니다만?"

—그럼 다행이고. 후우! 아무튼 부탁이네.

그리 말하고 왕년 노인은 사라졌다.

경거망동 하지마라?

경식은 콧방귀를 뀌며 눈을 감았다.

"별 이상한 말을 하고 있어. 적진 한복판에서 경거망동 할 사람이 어디에 있다고."

그리고 얼마 후.

경거망동 하게 된다.

Chapter 2
공작령의 비밀

공작의 저택에 머문 지 일주일 정도 되었을 때였다.

경식은 딱히 할 일이 없었기 때문에, 앉아서 소울 브리딩 수련을 하거나, 잠을 자면서 자신의 안에 있는 영혼을 관리하고, 둥지를 보수, 수리해 주는 일을 하고 있었다.

그리고 남은 날에는, 아무도 없는 연무장에서 검술 연습을 하고는 했다.

"이 검이란 녀석, 꽤 재미있단 말이야."

횡— 횡횡— 횡—!

버드나무 가지를 들고 휘두르는 것 같은 가벼운 소리가 울려 퍼졌다. 기분 좋은 소리였고, 휘두를 때마다 손잡이로부터 전해지는 감각도 마음에 들었다.

그리고 참 가볍게 잘도 휘두르는 것 같다.

"그런데 이거, 그렇게 가벼운 녀석은 아닐 거란 말이지."

경식은 그리 말하며 검 손잡이를 놓았다.

마검이 그의 손을 떠나 땅으로 곤두박질쳤다.

쿠웅!

마검은 묵직한 소리와 함께 흙바닥을 쑤셨다. 무려 검신의 반이나 들어갔다. 날이 무디고 톱날처럼 이가 다 빠진 마검이건만, 날카로움은 물론이고, 묵직한 무게가 있기에 가능한 일이었다.

옆에서 가만히 보고 있던 구미호의 표정이 놀라움으로 물들었다.

[너 이렇게 무거운 걸 자유자재로 휘둘렀던 거야?]

"아니 그런 건 아닌데……."

마검의 무게는 상당히 무겁다. 그런데 한 손으로 들어 올리면 경식에게 딱 적당한 무게가 된다.

더 웃긴 것은,

오히려 양손으로 쥐면 묵직해진다는 것이다.

그것도 너무 무거운 것이 아닌, 딱 기분 좋을 만큼의 묵직함이다.

정말이지 아이러니한 검이었다.

[말 그대로 마검인가 보다, 그거.]

게다가 요즘엔 살기가 끓어오르는 일도 좀처럼 일어나지 않았다. 일주일 전만 해도 휘두르다 보면 '베고 싶다'를 넘어서 '죽이고 싶다'는 생각이 치솟곤 했는데, 이젠 그러지 않는다.

마검의 기운을 다스리는 데에 그만큼 익숙해졌다는 반증이다.

"아니면 이 녀석이 나에게 익숙해진 걸지도."

경식은 거의 다 차오른 달을 바라보며 이마에 흐르는 땀을 닦았다. 신나게 검을 휘두를 때엔 생각나지 않던 걱정들이 한꺼번에 쏟아진다.

그에겐 두 가지 걱정거리가 있었다.

한 가지는 이곳에 있을 이름 모를 영혼을 어떻게 찾느냐이다.

그리고 다른 한 가지는, 당연하지만 라샤를 동반한 이곳 모든 처녀들의 행방을 찾고, 나아가 납치범을 잡아 족치는 것이다.

"처녀들만 납치하는 녀석이라니. 내 이 녀석으로 널 용서치 않을 것이다!"

경식의 혼잣말에, 누군가가 화답해 왔다.

"저도 그 생각에는 동감입니다."

"······?"

"저를 잊으셨나요?"

싱긋 웃으며 다가오는 마성의 남자. 그를 어떻게 잊을 수 있을까?

경식은 고개를 저으며 그의 이름을 불렀다.

"아란츠님?"

"예, 스미스님."

아란츠는 그리 말하며 씩 웃었다. 웃는데 절묘하게 드러난 치아가 반짝이며 그림 같은 풍경을 자아냈다.

하마터면 설렐 뻔했다. 왜 남심을 흔드는데?

'마, 마성의 남자야.'

그런 생각을 하는 사이, 마성의 남자 아란츠가 다시금 입을 열었다.

"검의 이름이 무엇입니까?"

"글쎄요. 그냥 편의상 마검이라고 부르고 있습니다만."

"마검이요? 그런 투박한 이름으로 부르기엔 녀석이 너무 아름답군요."

챵!

아란츠의 검이 그의 손길을 통해 새하얀 몸을 달빛 아래 드러냈다.

검신에는 아무런 자수도 없었지만, 검 손잡이 쪽에는 수많은 무늬가 화려하게 새겨져 있었다.

화려함과 투박함이 공존한달까?

하지만 경식의 눈에는 다른 것이 들어왔다.

바로 검의 형태와 크기였다.

'마검이랑 비슷하게 생겼는데?'

물론 경식의 검은 이가 다 빠져 톱날 같았고, 검신 역시 투박했다. 손잡이는 저잣거리에 널려 있는 검이 더 화려할 정도로 아무 장식이 없었다.

하지만 경식의 검과 아란츠의 검은 비슷했다. 아니, 똑같았다.

바로 모양이 똑같이 생겼다.

경식의 검. 마검은 한 손 검과 양손 검을 혼용할 수 있고, 그러기 위해선 크기나 무게가 다른 검들과는 달라야 한다. 때문에 모양이나 크기, 날이 서 있는 부분도 다른 검과는 약간 달랐다.

그러한 마검의 특징을 똑같이 가지고 있는 화려한 검이 아란츠의 손에 쥐어져 있는 것이다.

경식의 동요를 느꼈는지, 아란츠의 웃음이 짙어졌다.

"스미스 당신도 느끼셨겠지요?"

"으음. 비슷한 모양새네요."

"우연이라 보십니까?"

"글쎄요. 잘 모르겠네요."

아란츠가 혹시라도 오해하지 말라는 듯 경식을 안심시켰다.

"아! 물론 저는 그 검이 가문 비전의 검인 저의 '가질 수 없는 너'와 비슷하다고 해도, 전 그 검을 당신에게서 빼앗을 생각이 추호도 없습니다."

"그, 그러기엔 너무 가문의 비전이라고 압박을 주시는데요?"

게다가 검 이름이 '가질 수 없는 너'라니? 곧바로 한국의 인기곡이 떠올라 버리는 그런 느낌이 들지 않는가?

[며칠 사이 야윈 널 달래야 하는 느낌이 들어버리잖아.]

'아니 그것보단 네가 그런 연관관계를 어떻게 아는 건데?'

아무튼 자신의 검에 관심이 있을 뿐 높은 지휘를 통해 빼앗으려는 의도는 아니라는데 이상한 표정을 지을 수만은 없었다.

경식이 빙긋 웃으며 고개를 끄덕였다.

"안 그러신다고 하시니 다행이네요."

"예. 하지만 그렇다고 그냥 넘어가긴 싫습니다."

아란츠가 씩 웃으며, 검을 경식에게로 겨누었다.

순간 엄청난 살기가 경식을 찔러 왔다.

일전에 테르무그 공작이 쏘아낸 살기와 비슷한 종류의 것이었다.

"······!"

팟!

경식이 뒤로 튕기듯 물러나며 자세를 잡았다.

"견디지 않고 피하시는군요?"

"견딜 이유가 없지요! 뭔지도 모르고."

"그냥 감으로 뒷걸음질 치시다니. 직관력이 대단하시네
요."

"그나저나 이게 무슨 짓이죠?"

그 말에, 아란츠가 당연하다는 듯 말했다.

"연무장에, 검을 든 두 남자. 둘은 무엇을 할까요?"

경식이 당황해서 말했다.

"키, 키스를 하진 않겠죠?"

"아니죠!"

[어맛!?]

'넌 왜 좋아하는 건데!'

그러거나 말거나 아란츠가 격앙된 얼굴로 빠르게 다가오
고 있었다.

경식은 다급해서 말까지 더듬었다.

"뭐, 뭐하요!"

척!

경식 역시 뒷걸음질 치며 그에게 마검을 겨누었다.

아란츠가 씩 웃으며 본격적으로 검을 휘둘렀다.

"우리는 검과 검의 혀를 섞습니다."

"싫은데!"

"싫어도 할 수 없습니다. 저는 이미 달아올랐으니까요!"

[어머머머!]

"그런 말 아무렇게나 하지 마요, 좀!"

곧 경식과 아란츠의 검이 서로 맞물렸다.

꽈꽉!

"……!"

경식과 아란츠가 동시에 뒤로 물러났다.

경식은 저릿저릿한 손을 털며 다시금 자세를 잡았다. 의아한 것은 아란츠 역시 마찬가지였다.

"검에 마나를 싣지 않으십니까? 아무리 명검이라도 부러질 겁니다만?"

츠츠츠츳.

아란츠가 그의 검 '가질 수 없는 너'를 쥔 손에 힘을 꽉 주었다. 그러자 선명한 푸른색의 아지랑이가 뭉게뭉게 피어오르더니 검 전체를 감쌌다.

경식은 저것을 본 적이 없지만, 대번에 알 수 있었다.

'저게 제이크가 귀가 닳도록 설명했던 마나 소드라는 건

가?'

실물을 제대로 보는 건 처음인 것 같은데?

아지랑이는 점점 선명해지더니 검에 씌워진 비닐처럼 막을 형성했다.

제이크의 말을 토대로 했을 때, 저 정도 밝기와 선명도라면……?

"소드 익스퍼트 최상급?"

"그리 말씀해 주시니 부끄럽군요. 하지만 사실입니다."

아란츠가 검을 휘둘렀다.

후앙!

조금 전 검을 휘두르던 것과는 전혀 다른 소리가 났다.

경식 역시 그 소리에 답변을 해 줘야 할 것 같았다.

하지만 그때, 왕년 노인이 전해 준 제이크의 당부가 떠올랐다.

'발출하진 말라고 했었지.'

경식은 끌어올린 소울 에너지를 마검에 주입하지 않고, 그냥 몸에 휘감았다.

물론 그것이 아란츠에게 보였을 리 만무하지만, 분명 무언가 강력한 것이 진행되고 있다는 것을 느낀 모양인지, 그의 표정이 일순 진지해졌다.

"그럼!"

아란츠가 다시금 경식에게로 쇄도했다. 그의 검 '가질 수 없는 너'가 경식을 둘로 쪼갤 기세로 뚝 떨어졌다. 경식이 얼른 손을 들어 그것을 막았다.

꽈꽈꽉!

경식이 있던 자리가 푹 파였고, 아란츠 역시 뒤로 물러나며 얼얼한 자신의 손을 붙잡았다.

"좋군요. 이제 진심으로 가겠습니다. 세 번째 검 섞임, 기대하셔도 좋습니다."

그 말과 동시에, 아란츠가 검을 양손으로 쥐었다.

쫘아아아아악!

마치 그의 검을 감싸고 있던 막이 검신으로 쭉 빨려 들어가듯 달라붙더니, 검신 자체가 반투명하게 변한다.

얼음처럼 투명한 검에 비치는 아란츠의 얼굴이 이 와중에도 잘생겼다.

"가문의 비전입니다. 검을 부러뜨릴지도 몰라요. 그러니 그에 상응하는 무언가를 준비하시는 게 좋을 것입니다."

정중한 어조와 말투였지만 말 자체는 꽤나 공격적이고 극단적이었다. 그 묘한 부조리 속에서 아란츠의 눈빛은 상당히 진지했다.

'그리고 잘생겼네.'

거참 잘생긴 거 되게 신경 쓰인다.

경식은 묘한 패배감이 들었다.

그러나 그 패배감 뒤엔 호승심이 용솟음친다!

[이왕 이렇게 된 이상 어쩔 수 없지! 수가 될 바에는 공이 되어 버려!]

'무슨 소린지 도통 모르겠는데!'

여우구슬 안에서 이 상황을 느끼고 있던 회색 바람과 붉은 어금니가 기승을 부렸다.

[취익! 건방진 저 녀석의 도발. 그것은 내 인내심의 증발! 취이익!]

[당장.에 나를 사.용 해라. 내일 밥을 왼.손으로 떠먹어야 될 정도로 망.가뜨려 주지!]

모두가 갑작스러운 아란츠의 도발에 흥분을 한 모양인지 말이 거칠어졌다.

하지만 회색 바람이나 붉은 어금니의 힘을 사용하면, 자칫 의심을 살 수가 있어 망설여졌다. 그 표면적인 효과가 몹시 이질적이었기 때문이다.

'거참 짜증 나네.'

소울 에너지를 발출하여 검에 밀어 넣으면, 이단심문관이 그를 느낀다. 그렇다고 강령술을 사용하자니 아란츠의 의심을 살 위험이 있다.

"그럼, 가겠습니다!"

아란츠가 진지한 얼굴로 검을 꽉 쥐고 그에게 뛰어들었다. 경식 역시 우선 검을 들어 그에게 맞서 갔다.

마검의 내구도를 믿는 수밖에.

그렇게 검과 검이 부딪치려는 순간이었다.

순간 경식의 머리가 깨질 듯이 아파 왔다.

"끄읏!"

멈칫!

과연 고수답게 경식의 머리 바로 앞에서 검을 멈춘 아란츠가 경식의 기색을 살폈다.

"왜 그러십니까? 어디 아프신 데라도?"

"으음! 아니, 아닙니다. 단지…… 잠시만요."

경식은 머릿속에 울리는 공명에 집중했다. 그리고 지금 머릿속을 긁듯이 울리는 것이 무엇인지 깨달았다.

그가 찾아 헤매던 영혼의 기운.

그것이 갑작스레 느껴지고 있는 것이었다.

'그 녀석이다!'

지금 이 감각을 쫓아가지 않으면 후회할 것 같았다.

"스미스! 왜 그러십니까!"

"타핫!"

경식은 아란츠에게 자세한 설명도 하지 않은 채 몸을 날렸다.

"흐음?"

멀어져 가는 경식을 바라보며, 아란츠는 기묘한 표정을 지을 뿐이었다.

                    *   *   *

경식은 붉은 어금니와 회색 바람의 힘을 이용해 때로는 빠르게, 때로는 단단한 피부와 악력을 이용하여 건물을 쥐고 올랐다.

이미 공작가의 저택과는 한참 전에 멀어져 있었고, 광장 분수 역시 지나쳤다.

거침없이 달려가는 경식을 뒤쫓아 가며 구미호가 물었다.

[확실히 느껴지는 거야?]

그 말에, 경식이 당연하다는 듯 고개를 끄덕였다.

"너도 느껴질 거 아니야? 안 그래?"

[음…… 미약하게? 너만큼 자세히는 안 느껴져. 그저 방향 정도?]

"나는 거리도 가늠할 수 있을 정도야. 100미터쯤 앞. 거기에 녀석이 있다."

경식의 눈은 그 어느 때보다 날카롭게 빛나고 있었다. 두 가지의 고민 중 한 가지를 풀 수 있는 기회가 온 것이다.

경식은 거의 다 도착한 후 앞을 가로막고 있는 담장을 넘었다.

그러자 눈앞에는 전혀 예상치도 못한 광경이 드러났다.

'뭐, 뭐지?'

경식은 땅에 착지한 채 그대로 굳어버렸다.

눈앞엔 한 여인이 서 있었다.

앳되어 보이는 소녀는 잔뜩 겁에 질려 경식과 무언가를 번갈아 바라보고 있었다.

경식 역시 그 '무언가'를 향해 시선을 돌렸다.

그것은 밤중에도 선명하게 보이는 먹구름. 그것도 인간 형상을 한 먹구름이었다.

짙은 녹색의 눈동자도 있었다.

예사롭지 않은 그 눈동자가 소녀가 아닌 경식에게로 향했다.

흐으으으으.

검은 실루엣이 한숨을 푹 내쉬자, 주변에 서리가 끼며 역한 유황 냄새가 풍겨 왔다.

"뭐지. 영화에서나 보던 검은 형상의 귀신인데, 저거."

경식은 이를 악물며 소녀에게로 다가가, 소녀를 검은 실루엣에게서 보호하는 형세를 취했다.

그리고 말을 걸었다.

"너. 사령의 보옥에서 뛰쳐나온 영혼 중 하나지?"

[……]

실루엣은 말없이 경식에게로 가까워졌다. 그리고 그에 따라 경식의 몸 주변을 보랏빛의 소울 에너지가 휘감았다.

츠앗!

마검이 검은 실루엣을 빠르게 베고 지나갔다.

"……!"

하지만 벤 감각이 없었다. 허공을 벤 듯한 느낌이다. 하지만 실루엣의 몸을 베고 지나친 경식의 몸은 이상하게 삐걱거리고 있었다. 곧이어 표정이 일그러지며 가슴을 부여잡았다.

"으윽!"

바늘로 심장을 찌르는 듯한 통증이 몰려 왔다.

검이 통하질 않았다.

[아마 물리력이 통하지 않는 걸 거야. 말 그대로 영혼인가 본데? 그렇다면 내가 나설 차례지!]

구미호가 경식과 실루엣 사이를 가로막은 후 눈을 부릅떴다.

그녀에게서 솟구치는 불길이 더욱 거세지는가 싶더니, 구미호의 입에서 화염방사기처럼 불이 뿜어져 나왔다.

쿠아아아아아아!

그 불길은 주변의 공기는 태울 수 없었지만, 그 불길에 닿는 영적인 것들을 태울 수 있는 힘을 가졌다.

그리고 그것이 실루엣을 덮쳤다.

[끼아아악!]

과연 실루엣이 비명을 지르며 뒤로 물러났다. 하지만 그것뿐. 몸을 털자 불이 금세 사그라졌다.

구미호가 당황했다.

[뭐, 뭐야 내성이라도 있는 거야?]

"오히려 더 화를 돋운 것 같은데!"

[키아아아아아아악!]

실루엣이 입을 쩍 벌렸다.

그곳에서 초록색의 광선이 뿜어져 나왔다.

"뭐, 뭐야! 전혀 예상치도 못하겠잖아, 이거!"

쾅!

물론 예상치 못한다고 말해 놓고서 피하기는 했지만, 그 광선이 적중당한 땅의 색깔이 검게 죽었다.

뭐랄까.

노화촉진 광선 같은 느낌?

맞으면 1초당 1년씩 늙을 것만 같았다.

그리고 그것이 동시에 날아와서 문제였다. 한 번 날아올 때마다 10발은 되어 보였다.

'그래도 광선이라고 빛의 속도로 날아오는 건 아니라서 다

행이랄까!'

팡! 팡팡파팡!

하지만 아무리 피해도 계속 날아오는 광선. 순간 발이 꼬인 경식은 실수를 하였고, 고스란히 맞아야 하는 상황에 놓였다.

그때 경식에게 회색 바람이 힘을 주며 외쳤다.

[취이익! 저딴 광선! 맞아도 끄떡없었다! 내가 살아 숨 쉬던 곳에선! 취이이익!]

'아니 무슨 그런 거지같은 라임이 다 있어!'

어찌 되었건 적절한 때에 회색 바람의 힘이 유입되어 회색의 소울 아머가 그의 온몸을 덮었다.

그리고 그곳에 광선이 적중했다.

츠팡!

"……끅?"

치이이이익.

염산에라도 당한 듯 소울아머가 타들어 가더니, 적중당한 경식의 몸 쪽에도 멍이 들었다. 회색 바람의 힘이 통하지 않는다는 증거였다.

[이럴. 땐 나의 힘이 절.실 하게 필요하.지 않은가?]

곧이어 소울아머의 색깔이 샛노란 색으로 바뀌더니 우둘투둘하던 소울아머의 표면이 번들번들하게 변했다.

붉은 어금니의 힘이 유입되었기 때문이다.

츠으으읏.

그의 몸과 소울아머가 조금씩 회복되는 것이 느껴졌다. 경식은 마검을 검집에 넣고 붉은 어금니의 소울 웨폰. 열 가닥의 손톱을 곤두세워 실루엣에게 휘둘렀다.

실루엣이 이번엔 버티지 않고 손을 들어 그것을 막았다.

파아아으읏.

기류와 기류가 맞서는 듯한 소리와 함께 경식의 몸이 뒤로 물러났다. 이것마저 통하지 않았다. 물론 뒤로 물러나며 붉은 어금니의 향취(?)를 뿌려봤지만 결과는 마찬가지였다. 아마 물리력을 기반으로 하는 회색 바람의 충격파도 마찬가지이리라.

'이렇게 되면……'

경식은 아주 잠깐 고민했지만 고개를 내저었다. 이제 쓸 수 있는 수는 세 가지이다.

하나. 진명을 부르는 것.

둘. 구미호와 직접 빙의하는 것.

그리고 셋.

경식의 소울 에너지를 마검으로 뿜어내어 싸우는 것이었다.

진명을 부르는 것은 마음의 준비가 덜 되어 지금 당장은 불가능하고, 구미호와 직접 빙의하는 것은 구미호와 경식의 몸이 빙의되는 시간만큼 결합이 되어 위험하다.

그렇다면 소울 에너지를 발출하는 수밖에 없는데,

그렇게 되면 수도 어딘가에 있을 이단심문관 아그츠가 경식의 존재를 눈치챌지도 모른다고 제이크가 그랬다.

'사실 제이크의 말이라서 신빙성이 좀 떨어지긴 하지?'

세상에 무슨 아그츠가 마약 탐지견도 아니고, 경식이 소울 에너지 조금 흘렸다고 그 냄새를 맡고 여기까지 쫓아온단 말인가?

'에이. 좀 찝찝하지만, 이 기회를 놓칠 수도 없잖아!'

놓치기는커녕 수세에 몰려 있었다. 눈앞의 영혼은 지금껏 단 한 번도 접해 보지 못한 종류의 녀석이었다.

"후우."

마음을 굳힌 경식의 눈동자가 노란 색에서 다시금 검은 색으로 돌아왔다.

보랏빛 아지랑이가 그의 몸 전체를 감싸고 돈 후 양팔을 향해 나아가더니 꽉 쥔 마검에게로 폭사된다.

우우웅!

경쾌한 검명!

그와 동시에 마검의 색깔이 짙은 보라색을 띠며 주변의 공기를 진동시켰다.

[…….]

실루엣이 그제야 긴장을 했는지 뒤로 물러났다. 경식은 실루엣을 향해 진각을 밟고 앞으로 쏘아졌다.

실루엣은 있는지도 몰랐던 입을 쩍 벌리더니 그 안에서 유황가스를 내뿜었다.

그것은 공기를 태워 버릴 정도의 초고온으로, 닿기만 했는데도 경식의 살갗이 타들어 갔다.

"큭!"

경식은 검을 마저 휘두르지 못하고 주춤거렸다. 그리고 그 틈을 놓치지 않고 실루엣이 다시금 유황가스를 내뿜었다.

이래가지곤 접근 자체가 불가능하다.

"젠장!"

경식이 고전하는 그때였다.

허공에서 뚝 떨어져 내린 무언가가 경식의 앞을 방패처럼 가로막았다.

아란츠였다.

치이이익!

"크흣!"

아란츠가 눈을 부릅뜨며 뒤로 물러났다. 그는 두르고 있던 망토로 온몸을 방어하고 있었는데, 망토에선 빛이 나며 유황가스를 막아 내고 있었다.

부잣집 도련님답게 마법 아티펙트를 가지고 있던 모양이

다.

하지만 그 망토마저 조금씩 녹아들어가고 있었다.

"어서 피하십시오!"

아란츠가 이를 악물며 뒤도 물러날 때, 망토에 가려져 있던 아란츠의 얼굴이 드러났다.

[……!]

그것을 본 실루엣이 아란츠의 얼굴을 확인하곤 초록색 눈두덩을 크게 부릅떴다. 이유는 모르지만 상당히 놀란 모양이다.

[키아아아아악!]

실루엣이 갑자기 뒤로 물러나며 허공을 휘저었다.

"지금 저 녀석, 뭘 하고 있는 걸까요?"

아란츠가 인상을 찌푸리며 물었다.

"글쎄요. 뭔가 내부의 무언가랑 싸우는 듯한…… 느낌인데요."

결국 실루엣은 비명을 지르며 안개처럼 사라졌다.

경식은 사라지는 실루엣을 향해 달려들려다가, 한쪽 무릎을 꿇고 무너지려는 아란츠를 보고는 부축했다.

"괘, 괜찮으세요?"

"……제가 그 말을 하려고 막아선 건데 말이죠. 부끄럽군요."

아란츠는 피식 웃으며 자신의 왼손을 바라봤다. 왼손은 화상에 그을린 것처럼 피부가 검게 죽어 있었다.

"잘은 모르지만, 상처를 보아하니 신관에게 서둘러 가야겠습니다."

"그래야 할 것 같네요."

경식 뒤를 돌아봤다.

그곳엔 소녀가 잔뜩 겁을 집어먹은 채 덜덜 떨고 있었다.

"으음. 집이 어디니?"

"으아아앙."

소녀는 울음을 터뜨렸다.

"어휴."

경식은 한숨을 푹 내쉬었다.

되는 일이 없었다.

＊　　　＊　　　＊

좌아아악!

눈을 뜬 남자가 벌떡 일어나자, 그가 잠겨 있던 수조 안의 물이 요동치며 범람하기 시작했다.

아그츠는 성수 안에서 몸을 치료하던 중이었다.

약하지만, 분명히 무언가를 느꼈다.

"방금…… 그 녀석의 냄새가?"

쿵쿵. 쿵. 쿵쿵.

그는 코를 쿵쿵거리며 주변의 냄새를 집중해서 맡았다. 과연 이것은 한 번 맡아보았던 강력한 향기였다.

그래, 향기다.

악취가 아니었다.

악취라면 자신의 몸을 이렇게 만든 알스겠지만, 향기라면 다른 이의 얼굴이 떠오른다.

경식.

바로 에리오르슈 쿠드였다.

"수도에 있었군요. 참으로 겁도 없이 말입니다."

아그츠는 그런 생각을 하며 벌떡 일어나 옷을 갈아입었다. 이미 몸 상태는 100퍼센트를 상외하고 있었고, 500명의 신관들에게 주입받은 신성력이 신성으로 변하여 몸 안에 충만해져 있는 상태였다.

"자, 가자!"

모든 준비를 끝마친 아그츠가 몸을 날리려다가 멈칫했다.

제이크의 존재를 잊고 있었다.

"혼자 가면 고전을 면치 못하겠지요."

아그츠는 새로 꾸린 자신의 팀에게 연통을 넣었다. 새로 꾸린 팀 역시 그의 손발처럼 빠릿빠릿하게 움직여 주었다.

이전에 자신이 잃어버렸던 팀보다 더욱 실력이 좋은 일류들이었다.

확실히 일류라서, 불시에 소집한 것임에도 모두 모이는 데엔 10분도 채 걸리지 않았다.

"이제 문제가 없겠지요. 슬슬 출발하겠습니다."

아그츠는 다시금 신경을 곤두세우고 경식의 영혼이 뿜어내는 향기를 맡으려 애썼다.

하지만. 점점 그의 표정이 어두워졌다.

"냄새가…… 멈췄군요."

물론 잔향은 남아 있다. 하지만 사방팔방에 퍼져 있고, 워낙 미미하여 정확한 위치를 알아낼 수가 없었다.

기운을 사용하다가 중간에 거둬들인 모양이다.

"흐음."

아그츠는 아쉬운 한숨과 함께 차분히 심호흡을 했다. 올라오려는 화를 눌러 참으려는 것이다.

"혼자 갈 걸 그랬나 봅니다."

아쉬움이 남았다.

그가 침중한 얼굴로 뒤를 돌아보며 말했다.

"죄송하지만 모두들 해산을……"

말을 끝마치려던 아그츠가 입을 다물고 생각에 잠겼다.

"지금부터 합숙입니다. 모두 검을 소지하시고, 저와 함께

만일의 사태에 대해 준비를 부탁드립니다."

예!

모두가 싫은 내색 없이 고개를 끄덕였다.

"그래, 좋게 생각하자."

우선 어떤 이유에서인지는 모르지만, 쿠드 일행이 이곳에 있는 것은 확실해 보였다.

"우선 대대적으로 지명수배를 해야 합니다. 제이크의 지명수배 전단지를 더욱 뿌리고, 에리오르슈 쿠드는……"

거기까지 말한 아그츠는 입술을 잘근 깨물었다.

제이크는 현상수배가 되지만, 에리오르슈 쿠드는 현상수배를 할 수 없는 상황이었기 때문이다.

그것은 바로 황명.

황제가 에리오르슈 가문의 직계들은 되도록 세간에 알려지는 것을 꺼려했다. 세간에는 아직도 에리오르슈 가문에 큰 은혜를 입었던 귀족 세력들이 존재하기 때문이다.

아니, 폐하의 철권통치를 달갑게 여기지 않는 귀족세력 거의 전부가 에리오르슈 가문에 빚이 있는 자들이라 보아도 과언이 아니다.

'왜냐면 에리오르슈 가문이 귀족세력의 수장 격이었기 때문이지. 그러니 칠 수밖에 없었고 말이야.'

마도국과 손을 잡고 에리오르슈 가문을 척결한 것은 다시 생각해 보아도 잘 한 짓이라고 생각하며, 아그츠는 씨익 미소를 지었다.

"무슨 일이 있어도, 잡아서 찢어 죽여 드리지요."

에리오르슈 가문의 씨앗을.

그리고 황제 폐하를 거스르려 하는 모든 귀족세력들을 말이다.

"어찌 되었건, 당분간 저와 생활을 함께 하며, 언제든지 출동할 수 있는 만반의 준비를 갖출 것입니다."

모두들 이견이 없었다.

이들은 자신과 함께 준비하고 있을 것이다.

에리오르슈 쿠드가 자신의 힘을 다시금 사용할 때까지 말이다.

*   *   *

"아 뭔가 귀가 가려운데."

경식이 귀를 긁적이며 주변을 둘러봤다. 분명 자신과 아란츠 이외에는 아무도 없었는데, 누군가 자신의 이야기를 하고 있는 것만 같았다.

"소녀는 잘 갔는지 모르겠군요."

아란츠가 부축을 받으며 걱정스레 말하자, 경식이 고개를 회회 저었다.

"아까 표정 봤죠? 아주 꿈을 꾸고 있는 듯한 표정이던데요, 뭘."

솔직히 위기에서는 이미 구해 줬고, 잘 달래서 집으로 보내는 것이 어려웠을 뿐이다.

경식은 소녀를 달래려 했지만, 너무 놀란 소녀는 울음을 흩뿌릴 뿐 진정하지 못했다.

하지만 아란츠가 다가가 소녀를 그윽하게 바라본 순간, 소녀는 거짓말처럼 울음을 그친 채 아란츠의 얼굴만 멍하게 쳐다보는 것이었다.

"아이야. 괜찮단다. 집이 어디니?"

소녀는 귀신에라도 홀린 듯 줄줄 자신의 집 위치를 말했고, 아란츠의 대동 하에 무사히 집으로 돌아갔었다.

경식이 언짢은 얼굴로 말했다.

"거참. 나도 한 외모 한다고 생각했는데."

"아하하하. 그렇게 생각하셨군요?"

"……뭔가 얄미운데요."

긍정도 부정도 하지 않는 어색한 웃음이 더욱 얄미웠다.

"어찌 되었건 다 도착했군요."

"그러네요. 신관에게 가 보셔야죠?"

"그래야겠지요. 하지만 그 전에 여쭙고 싶은 것이 있습니다."

아란츠가 진지한 얼굴로 경식을 보았다.

"스미스 님은 어떻게 그 녀석의 기운을 알아차리신 겁니까?"

그 말에 어떻게 말을 해야 할지 고민하던 경식은, 결국 되는 대로 입을 열었다.

"갑자기 묘한 기시감이 들더라고요. 느끼지 못하셨나 봐요?"

경식이 오히려 되묻자, 아란츠가 헛하고 놀라더니 이내 고개를 끄덕였다

"과연, 경지가 지고하시군요. 저는 미천하여 그런 것을 느끼지 못했나 봅니다."

"그, 그런가 보네요. 노력하세요."

"그러겠습니다. 오늘은 정말 즐거웠습니다. 다음에도 또……."

"거, 검은 그만 섞도록 하죠."

"……아쉽군요."

"아하하하."

그렇게 아란츠와 경식은 작별을 고하려 했다.

그런데, 어둠 속에서 갑자기 누군가가 벗은 발로 뛰어나왔다.

"오빠!"

"……!"

그 목소리를 듣고는 아란츠가 눈을 부릅떴다. 하지만 목소리가 울린 곳으로 돌아보거나, 인사를 하진 않았다.

무언가 사연이 있는 모양이다.

"다친 곳은 괜찮아? 이, 이리 와 봐. 내가…… 내가……."

"필요 없다!"

경식은 갑자기 소리를 지르는 아란츠를 묘한 눈으로 바라봤다. 소이 말하는 '레이디'에게 친절하다고 생각했던 아란츠가 저렇게 호통을 치다니? 게다가 눈앞의 여인은 그것이 당연하다는 듯, 한 발자국 물러서서 반성하는 표정을 짓고 있었다.

'무슨 상황이지?'

하지만 경식 역시 아란츠에게 왜 그러냐고 캐물을 정도로 눈치가 없지는 않았다.

저택 어딘가로 걸음을 돌린 아란츠는 이내 모습을 감추었고, 그것을 지켜보던 묘령의 여인과 경식의 눈이 제대로 마주쳤다.

여인은 아란츠처럼 짙은 금발에 금색 눈동자를 가지고 있었는데, 외모와 몸매 역시 상당히 아름다웠다.

특이한 것은 왼쪽 눈 밑에 핑크색 눈물 점이 있다는 것

정도.

"에…… 음. 아 안녕하세요 저는……."

"……."

여인은 경식을 말 그대로 '죽일 듯이' 노려보더니, 고개를 획 돌려 아란츠가 사라진 곳으로 서둘러 향했다.

경식은 약간 어이가 없어졌다.

"뭐지. 왜 생전 처음 보는 나를 째려보고 가는 건데?"

[흐응. 글쎄…… 나도 잘 모르겠네. 그런데 궁금하긴 한데?]

"응?"

[지금 저 여자애, 아란츠가 있는 곳으로 쫓아갔잖아?]

"그랬지?"

[따라가 보면 알지 않을까?]

"에이…… 어떻게 따라가. 분명 들킬 텐데……."

"안 들키는 방법이 있지~"

"……!"

경식이 갑자기 들린 목소리에 뒤를 돌아봤다.

그곳엔 란시아가 싱긋 웃으며 경식에게 윙크를 날리고 있었다.

"뭐, 뭐예요. 언제 나타났어요?"

"내 망토를 잊었니?"

경식은 무언가를 깨달았다는 듯, 고개를 주억거렸다. 란시아가 망토로 몸을 가릴 때마다 그녀의 모습이 사라지곤 했었다.

투명망토인 것이다.

"아아, 그런 망토가 있었지요……가 아니라! 왜 이곳에 있냐는 거죠, 내 말은!"

그때 그녀가 경식의 입을 검지로 막았다.

"쉬이잇. 다 들리겠다."

"……."

"같이 가서 염탐해 볼까? 나도 저 오누이에 관해서는 관심이 많거든~"

오누이였어?

란시아가 눈을 찡긋거리며 대답을 촉구하자, 경식은 묵묵히 고개를 끄덕였다.

두 사람은 그들이 사라지기 전에 따라붙으려고, 빠르게 발걸음을 옮겼다.

*　　　*　　　*

"……이, 이게 무슨?"

"쉬잇. 가만히 있어. 이래야 서로 안 들키지."

란시아의 망토, 아티팩트 '허무의 망토'는 란시아의 기척과 모습을 완전히 없애 준다. 그리고 크기 역시 어느 정도 늘릴 수 있어서 다용도로 사용이 가능한데, 이번엔 이불처럼 넓힌 다음 경식을 함께 집어넣었다.

그러니까 지금 둘은 1인용 이불 속에 서로 웅크리고 있는 모양새인 것이다. 다 들어가려면 서로 붙잡고 있어야 하는데, 그러면 란시아의 폭발적인 몸매가 경식의 몸에 찰싹 붙게 될 것이다.

[이, 이게! 지금 상황 연출해서 경식이한테 꼬리치는 것 봐? 야! 안 떨어져? 또 엉덩이 태워 줘!? 앙!?]

'으으으음.'

경식의 얼굴 역시 빨개질 만큼 빨개져 있었다.

"얼굴 빨개지려고 하네?"

"아, 아닙니요!"

"후훗. 말까지 더듬는데?"

란시아가 속삭이듯이 그렇게 말했다.

경식이 그 목소리에 한창 신경 쓰고 있을 때였다.

아란츠는 시종일관 밤하늘을 보며 서 있었고, 여인은 그런 아란츠의 뒤를 조심스레 따라오고 있었다. 그러다 갑자기 발걸음을 멈춘 아란츠가, 뒤도 돌아보지 않고 소리쳤다.

"언제까지 따라올 것이냐!"

"오빠……."

여인은 또다시 그를 오빠라고 불렀다.

역시 그녀는 아란츠의 여동생이 맞는 모양이었다.

"남들이 있는 곳에선 오빠라고 부르지 말라고 했을 텐데."

"지금은 없어. 우리 둘뿐이야."

"조금 전! 스미스 님이 있을 때 조심했어야지."

"왜 부르지 못하게 하는 건데…… 그저 오빠를 오빠라고 부르는 건데……."

그녀는 흐느끼듯 말했다.

그것을 듣는 아란츠가 견디기 힘들다는 표정으로 말을 이었다.

"그러지 마라. 내 마음이 아프지 않느냐."

"싫어……."

"아버지께서 다른 혼처를 알아보고 계신다."

"그런 거 싫어…… 그리고 이번이 벌써 5번째잖아……."

보통 귀족들이 정략결혼을 하고, 그 정략결혼은 웬만한 사건이 아닌 이상 성사된다.

그런데 혼담이 5번이나 오갔다. 도대체 무슨 일이 있었던 것인가?

그리고 그 궁금증은 아란츠가 친절하게 해결해 주었다.

"첫 번째 혼담은 상대방이 자살을 했다. 두 번째는 갑자기

고자가 되었지. 세 번째는 동성과 놀아났고, 네 번째는 말에서 떨어져 뒷발굽에 낭심이 으깨졌다. 이젠 사교계에서도 네가 저주에 걸렸다고 수군거리기 시작했지. 네가 손가락질을 받을 때마다 난 가슴이 너무 아프다."

아니 세상에 그럴 수가 있나?

웬만큼 우연이 아니고서는 그런 일이 있을 수 없다. 더군다나 신의 존재를 당연시 여기는 풍습의 이 세상에서는 더더욱 그렇다.

제대로 된 혼담이 들어올 리 없었다.

"세상에, 오르네오 자작가의 망나니가 말이 되느냐? 변방 귀족의 망나니가 나의 동생과!"

"······그 역시 똑같은 꼴을 보게 될 거야."

그 말에, 그녀의 시선이 날카로워졌다.

아란츠의 눈썹이 꿈틀거렸다.

"······그게 무슨 말이냐. 설마, 이 모든 사건이 네가 꾸민······ 일인 것이냐?"

아란츠의 말에 그녀가 크게 당황하며 말했다.

"그, 그게 아니야. 하지만······ 난 이미 그런 저주를 받았어. 4번이나 혼담이 어긋나는 것도 말이 되지 않잖아? 다, 다섯 번째에도 그럴 거라고 생각하는 것뿐이야."

아란츠가 안도의 한숨을 내쉬었다.

"하긴. 네가 흑마법을 부리는 마법사도 아니고 말이다. 그럴 리 없겠지. 모든 것이 우연인 것이야."

아란츠가 안심을 하자, 뒤에서 노심초사 지켜보고 있던 여인이 다가와 손수건으로 상처부위를 닦아 주려 하였다.

아란츠는 그 손길을 뿌리치려는 기색을 보였지만, 차마 그리 하지 못하고 결국 손을 내주었다.

상처부위를 슥슥 닦아내자, 거품이 흐르며 치유가 되기 시작한다.

"무엇을 한 것이냐?"

"그냥 물로 닦았을 뿐이야."

"그런데 이런 현상이……?"

"도대체 무슨 상처에 당한 거야?"

"……으음."

어떤 상처인지 모르니, 물에 닦아서 이런 현상이 일어났다고 해서 의심할 수도, 의심할 필요도 없는 상황이다.

순간 여인이 기습적으로 아란츠의 볼에 입을 맞춘다.

쪽.

"……너! 너 지금 무슨 짓이냐!"

아란츠는 당황스러운 듯 뒤로 물러났다.

그걸 보며 경식이 속으로 중얼거렸다.

'충분히 피할 수 있었을 텐데?'

뭐, 여동생이 이러는 것이 싫지만은 않은 모양이다. 하긴 그러니까 내치치 않고 저렇게 다 받아주지.

"오빠…… 다치지 마."

"……그래. 조심하마."

둘은 이런저런 이야기를 나눈다. 그 모양새가 마치 오누이인 듯 연인 아닌 오누이 같은 묘한 느낌이다.

둘은 이런저런 이야기를 나누다가, 아란츠가 주변을 살피더니 동생의 손을 조심스럽게 뿌리치곤 사라져 버렸다.

아란츠의 여동생인 여인은 그가 사라진 곳을 멍하니 쳐다보다가, 곧 한숨을 내쉬며 사라져 버렸다.

그렇게 3분쯤 후.

허공에서 갑자기 두 남녀가 나타났다.

바로 란시아와 경식이었다.

모든 것을 본 란시아가 흥미롭다는 듯 한쪽 입꼬리를 말아 올렸다.

"이거 재미있네에?"

"이런 패륜과 불륜이 재미있다고요?"

"재밌지 그럼~ 내 일만 아니면 다 재미있는 게 정상 아니야?"

란시아가 눈을 찡긋 거리며 말을 이어 갔다.

"테르무그 가문의 차기 가주 0순위인 테르무그 아란츠. 그리고 그의 하나뿐인 여동생 테르무그 아리아. 그런데 알고 보니 둘은 서로 사랑을 한다?"

"제가 볼 땐 짝사랑인 것 같던데요?"

그의 말에, 란시아가 경식을 어린아이 보듯 바라보며 혀를 끌끌 찼다.

"이렇게 눈치가 없어서야. 혹시 모태솔로?"

울컥!

경식은 뭔가 속에서 치밀어 오르는 것을 느꼈다.

그러거나 말거나 란시아는 말을 계속했다.……."

"싫었으면 아예 몸을 피해버리지, 저렇게 미련을 떨겠어?"

"그, 그런가요?"

아란츠 정도 되는 인물이 소녀의 기습적인 입맞춤에 당하는 건 말도 안 된다. 그런 실력이면 벌써 전장에서 눈먼 화살에라도 맞아서 죽었겠지.

"둘은 서로 사랑해. 아리아는 그것을 숨기지 않고, 아란츠는 그것을 숨기려 해. 왜일까? 왜일 것 같아아아아?"

그리 말하며 란시아가 그 예쁘장한 얼굴을 경식에게 들이민다.

[미, 미친년이 진짜!]

'으윽.'

경식이 움찔할 때, 그 반응을 바랐다는 듯 란시아가 싱긋 웃으며 말을 이었다.

"아버지가 그것을 원하지 않으니까. 왜인지는 알겠지?"

"당연하죠."

이곳과 대한민국 정서가 아무리 다르다지만, 근친이 허용될 만큼 다르진 않다. 그 어딜 가도 근친이 허용되진 않는다.

두 사람은 서로 힘든 사랑을 하고 있는 것이다.

"이걸 공작에게 말할 건가요?"

란시아의 성격상 이 정보를 가지고 아란츠와 흥정을 할 것 같다는 생각에, 그것을 미연에 방지하기 위해 한 말이다.

헌데 란시아의 입에서 나온 말은 경식의 예상을 벗어나 있었다.

"말할 필요가 왜 있어? 이미 알고 있을 텐데."

"……?"

"이미 가주는 알고 있어. 그러니까 재빨리 혼담을 넣어서 둘을 떨어뜨려 놓으려고 하는 거야. 아마 기거하는 건물도 한참 떨어져 있을 걸? 오히려 그걸 알고 있는 자의 입을 막으려 들겠지. 지금 당장에 터뜨릴 생각은 없어. 그저 나중에 무기가 될 수 있으니, 확실히 알아 둔 것뿐이야. 그러니까 이건……."

그리 말하며, 란시아가 경식에게 다시금 윙크를 한다.

"우리만의 비밀, 알.겠.니이?"

"······다, 당연하죠!"

"아이구, 착하기도 해라."

란시아가 싱긋 웃으며 쓰다듬어 주자, 경식이 뺨을 붉게 물들이고는 뒤로 물러섰다. 란시아는 그 모습이 귀여운 듯 더욱 짙게 웃더니, 이내 자리를 떴다.

그 모습을 멍하니 경식이 바라보고 있자, 옆에서 구미호가 빈정거린다.

[좋냐? 아주 좋아 죽지, 응?]

"으으으음."

[좀 전에는 아주 꼭 붙어 있더라?]

"어쩔 수 없었잖아."

[어쩔 수 있었어도 없었다고 할 판이던데, 뭘?]

"으으으음."

[앙? 야! 어디 가! 내 말에 대꾸 안하고 어딜 가! 나 지금 누구랑 얘기하니!]

경식은 그런 구미호를 애써 무시한 채 귀빈 대접실로 돌아왔다. 역시나 그곳엔 란시아가 없었고, 슈아만이 그를 반겼다.

아니, 그를 반길 새도 없다. 슈아는 책상에 앉아 마법진에 집중을 하고 있었다. 점심부터 저러고 있더니, 저녁이 되어서도 조각상처럼 앉아서 집중하고 있다.

집중하고 있는 모습 역시 조각처럼 귀여워 보인다.

경식이 그런 모습을 관찰하고 있는데, 슈아가 갑자기 눈을 부릅뜨며 벌떡 일어나더니 소리쳤다.

"꺄아아아아아핫!"

"뭐, 뭐야!"

슈아는 경식의 손을 붙잡더니 방방 뛰며 좋아했다. 그 좋아하는 표정은, 마치 도자기 장인이 수천 개의 도자기를 깨부다가 단 하나의 완성품을 찾았을 때의 그 미소였다.

"드디어 끝났어. 이 지긋지긋한 작업이 끝났다구!"

"그, 그래? 다행이다!"

"제 시간 안에 끝나서 다행이야. 오라버니도 그렇게 생각하지? 그치? 그렇지?"

경식은 좋아하고 있는 슈아에게 오늘 있었던 일을 자세히 설명해 주었다. 그것을 들은 슈아가 진지하게 아미를 찡그리며 고개를 끄덕였다.

"벌써 일주일이 지났었지. 정말 일주일 마다 한 명씩이네. 그런데 이번에 실패했으니까…… 당장 내일 다시 습격을 해올지도 몰라. 서둘러야겠어."

슈아가 그런 말을 하며, 경식에게 다짐을 받아내듯 물어봤다.

"오라버니. 내가 미끼가 될 거잖아."

"그렇지?"

슈아가 경식을 포옥 끌어안았다.

"날 지켜 줘."

그 말에, 경식은 애써 태연한 척. 당연하다는 듯 가볍게 고개를 끄덕였다.

"당연하지. 내 동생인데, 누가 널 건드리게 놔두겠어?"

"……대답 자체는 맘에 안 들지만, 어쨌든 고마워."

그리 말하며 더욱 꼬옥 끌어안았다.

그걸 본 구미호가 노발대발 화를 냈지만, 그것이 슈아에게 들릴 리 없고, 경식도 대꾸해 줄 마음이 없다.

그렇게 하루가 지나갔다.

그리고 저녁.

경식 일행 모두가 수도의 광장 쪽으로 모였다.

심사숙고해 준비한 작전을 드디어 실행하기 위해서였다.

Chapter 3
슈아의 위기

　"주인님! 보고싶었습니다아아아!"

　제이크가 금방이라도 눈물이 뚝뚝 떨어질 것 같은 표정으로 달려와 경식을 와락 끌어안았다.

　그 격한 마음이 경식에게 와 닿기도 전에 경식의 몸은 뼈와 살이 분리될 것 같은 고통을 맛봐야만 했고 말이다.

　"끄허억! 제, 제발 이러지 마, 마시 크억!"

　경식은 다시 한 번 깡통처럼 찌그러질 위기에 처했고, 뒤늦게 정신이 돌아온 제이크가 자신 같은 불충한 놈은 죽어야 한다며 한바탕 소란을 떨었다. 옆에서 그것을 보던 슈아는 콧방귀를 뀌었고, 란시아는 그 모습들을 동물원 원숭이를 바라보듯 흥미롭게 보고만 있었다.

"이제 꽁트는 다 끝난 거야?"

란시아의 말에, 경식이 한숨부터 내쉬며 고개를 끄덕였다.

벌써 해는 지고, 달이 떠오른 지 한참이 지나고 있었다.

슈아가 모두를 바라보며 말했다.

"제가 미끼가 될 거예요. 아시다시피 여기서 저는 이곳에서 '유일한' 처녀니까요."

슈아가 란시아를 째려봤다.

[나도거든! 나도 처녀거든!]

물론 슈아에게 구미호의 말이 들릴 리가 없었다.

란시아는 오히려 콧방귀를 뀌었다.

"아주 자랑이야, 그치? 어쩜 그리 잘 지키셨대, 그 나이 먹도록 말이야아?"

"……흐, 흥!"

슈아가 콧방귀를 뀌며 제이크와 경식을 바라봤다.

"그래서 난 오늘부터 이곳을 돌아다닐 거야. 어제도 말했다시피, 그 녀석은 실패를 했으니까. 일주일 후에 나오리란 보장이 없어. 앞으로 일주일간 밤에, 난 계속 이곳 주변을 돌아다닐 거야."

그리고 만약 슈아 말고 다른 마을 처녀가 이곳을 지나치거나 하게 되면, 그땐 경식이나 제이크가 나서기로 했다.

물론 어디에 있는지 자세히는 모르겠지만, 방비를 안 하는 것보단 주변을 돌아보는 편이 훨씬 낫다.

경식 일행은 뿔뿔이 흩어졌다. 슈아가 무슨 일이 있으면 바로 도우러 올 수 있게끔 거리를 유지하면서 말이다.

경식은 슈아와 멀어지며 구미호와 잡담을 나누었다.

[흐음. 실패한 바로 이튿날 처녀사냥을 하진 않을 것 같은데…….]

"야. 처녀사냥이라니 말이 이상하잖아."

[그런데 맞잖아, 처녀사냥?]

"처녀 납치라고 그래야지."

[어찌 되었건. 오늘부터 다시 처녀사냥 하진 않을 것 같은데.]

"나도 비슷한 생각이긴 한데. 조심해서 나쁠 건 없으니까."

이런저런 이야기를 하며 주변을 둘러보고 있기를 반복하고 있을 때였다.

꺄아아아아아아악!

누군가의 목소리가 경식의 귀를 때렸다.

그 목소리는 분명 슈아의 것이었다.

*   *   *

소리가 들리는 순간 경식이 몸을 날렸다. 소리가 난 곳은 가까웠고, 위치 역시 광장 주변일 것이 뻔하기 때문에 찾기는 수월했다.

소리가 난 지 1분여 시간 만에 슈아를 찾은 경식의 눈이 날카로워졌다.

슈아가 검을 든 누군가와 대적하고 있었기 때문이다.

대상은 호리호리한 체격에 말쑥해 보이는 남자였다.

'뭐지?'

경식은 약간 당황했다.

눈앞에 있는 것이 그 괴물 같은 실루엣이 아닌, 말쑥해 보이는 남자였기 때문이다.

'저 사람 아니었는데?'

그가 일전에 본 것은 검은 그림자 형식의 기체 덩어리였다. 눈앞의 것은 사람이니 동일인물은 아닐 것이다.

'하지만 확실한 것이 하나 있지.'

확실한 것은, 지금 저 남자가 슈아를 해하려고 한다는 사실이었다.

경식은 당장에 마검을 들고 슈아와 남자 사이를 막아섰다.

척!

남자가 다가오다가 한 발작 물러섰다.

"흐음. 뭔가 오해가 있는 모양……"

후다다닷.

말하는 순간 슈아가 뒤돌아 달려갔다.

"이런! 도망을 치다니!"

"역시! 오해는 무슨 오해야!"

경식은 슈아를 쫓아가려는 남자를 다시 한 번 막아서며 검을 휘둘렀다.

까강!

둘 사이에 불꽃이 튀기고 서로 뒤로 밀려났다. 그리고 그 사이에 슈아는 도망쳐 사라졌다.

경식은 슈아가 사라지는 걸 보고 쫓아갈까 하다가, 눈앞의 남자가 더욱 문제임을 인지하고 검을 쥔 손에 힘을 주었다.

"누구십니까? 목적이 뭔가요? 이번 처녀 납치사건과 무슨 연관이 있나요?"

"하아!"

경식의 질문에 남자는 말을 잇지 못했다.

뭔가 화가 난 것 같은 표정인데, 지금 화를 내야 하는 것은 경식이다.

"질문에 대한 대답은 제압 후에 듣겠습니다!"

"후우. 어쩔 수 없구려."

어깨를 으쓱인 남자가 검을 들고 자세를 취했다.

둘이 대치하고 있는데, 쿵쿵 소리가 들리며 누군가가 다가

왔다.

"주인님!"

"오, 제이크!"

제이크가 온 것을 확인한 경식이, 그에게 이 남자를 맡기고 슈아에게 가 보려고 했다. 헌데 경식이 말을 하기도 전에 제이크가 팔짱을 낀 채 경식과 남자를 바라본다.

"수행의 성과를 보여주십시오!"

"아니 지금 그럴 때가…….."

"어차피 저 남자만 잡으면 상황은 종료됩니다!"

"아니 그건 그렇지만…….."

하긴. 슈아는 자리를 피했을 뿐 멀쩡하다. 분명 안전한 곳으로 가서 경식이 오기를 기다릴 것이 분명했다.

그럼 그저 저 남자를 잡으면 된다.

주인님의 수련 성과도 겸사겸사 보고 말이다.

그것이 제이크의 생각이었다.

"그러니까 제이크가…….."

"전 당신의 부하이기도 하지만 스승이기도 합니다!"

"으음. 그럼 갑니다."

경식과 남자가 격돌했다.

쾅! 흥흥! 후앙!

"뭐 이리 빨라!"

경식은 검술을 배운 지 얼마 되지 않았다. 끽해 봐야 2달 정도가 전부이다. 하지만 2달이라곤 믿기 어려울 정도의 성장을 했다. 그것은 마검 탓도 있지만, 경식의 그릇이 점점 커지며 잠재능력이 그만큼 깊어진 이유였다.

허나 그런 경식의 검을, 상대는 미꾸라지처럼 요리조리 잘도 피하고 있었다.

하지만 계속 피하다가도 눈빛을 빛내며 찔러 온다.

"빈틈!"

"흠!"

콰샥!

검과 검이 다시금 부딪치며 경식이 뒤로 물러섰다.

남자는 그것을 따라가지 않고 허공에 검을 휘두르며 여유를 부렸다.

"공격일변도로구려. 당신은 방어를 모르오?"

"……."

경식은 대구하지 않고 검을 휘둘렀다. 슬슬 몸에서 보랏빛 아지랑이가 피어올랐다.

"흐음?"

그것을 보고 남자가 눈을 빛낸다.

쓰웅! 승승! 스악!

꽝!

경식의 공격을 미꾸라지처럼 피하던 남성은 진각을 밟으며 경식을 지나쳤다.

그의 검이 경식의 허리를 베어 갔다.

"……!"

경식이 뒤로 물러나며 자신의 배를 부여잡았다. 자신의 배가 베인 줄 알았던 것이다.

하지만 그는 베이지 않았다.

그의 눈이 검은 색이 아닌 회색으로 물들어 있었다.

[취이익! 방심은 금물! 또다시 방심하지 말라고 도와준 이것은 나의 선물! 취이이익!]

그렇다. 상황을 지켜보고 있던 회색 바람이 알아서 경식에게 힘을 빌려준 것이었다.

'고, 고마워.'

하지만 불시에 빌린 힘인지라 완벽하지 않았다. 옆구리가 쇠파이프에 얻어맞은 것처럼 쩌릿쩌릿 아팠다.

남자는 이가 빠진 자신의 검을 보며 인상을 찌푸렸다.

"몸이 강철이라도 되오? 아니면 내가 모르는 갑옷이라도 입었……?"

말을 끝마치려던 남자가 불현듯 입을 다물었다. 그러고는 무언가 깨달았다는 듯 중얼거렸다.

"그랬군."

"뭐가 그래요?"

"왠지 익숙한 느낌이었는데, 이런 곳에서 이런 식으로 만나게 될 줄은 몰랐소. 감옥의 주인이여."

"……감옥의 주인?"

순간 에리카가 떠올랐다.

에리카는 항상 영혼을 '죄수'라고 칭했기 때문이다.

"그렇소. 감옥의 주인. 그런데 모르는 죄수의 힘이오?"

마치 경식의 능력에 대해 알고 있다는 듯 말하자, 경식은 신경을 안 쓸 수가 없었다.

그가 검을 내렸다.

"나의 힘에 대해서 압니까?"

"흘흘. 그렇소. 자세한 이야기는 굳이 안 하리다. 내게 도움이 안 되거든."

"……?"

"하지만 싸우는 데에는 도움이 되는 것 같군. 정체를 알았으니 방법도 바꿔야겠지."

남자가 그리 말하더니 뒤로 물러났다.

그리고 사라졌다.

"뭐, 뭐야?"

말 그대로 눈 깜짝할 사이에 남자가 사라져 버렸다. 아니. 눈이라도 깜빡했는데 사라졌다면 어이라도 없을 텐데, 눈 뜨고 있었는데 갑자기 다음 순간 사라져 버렸다.

마치 촛불이 꺼진 것처럼 기척도 없이 사라져 버린 것이다.

"힘 소모가 심하여 이 그릇으로는 사용을 자제했었는데, 그러지 못하게 되었구려."

불현듯 소리가 뒤쪽에서 들려 왔다.

그쪽으로 검을 휘둘렀다.

깡!

검과 검이 부딪치는 소리가 났고 순간 남자의 모습이 아주 잠깐 드러났다가 사라졌다.

"뭐, 뭐야. 이렇게 되면 슈아가 위험하잖아?"

경식은 남자가 감쪽같이 사라졌으니 당연히 슈아를 공격하러 갈 거라는 생각을 했다.

하지만 그러려면 처음부터 투명인간이 되었을 것이다.

과연. 허공에서 경식에게로 무형의 살기가 가까워져 왔다.

경식이 놀라서 몸을 뒤로 뺐다.

경식은 자신의 볼을 만져 보았다.

피가 번져가고 있었다.

"화살이잖아?"

기척도 없이 날아온 화살.

경식은 그 기척을 찾아서 피하기보다는 우선 회색 바람의 힘을 끌어올려 방어하기로 마음먹었다.

경식은 가드를 올렸다.

곧 화살이 비처럼 쏟아졌다.

츠파파파파파팡!

"끄어어엉!"

화살 자체는 그리 아프지 않았다. 물론 그냥 살이면 뚫릴 정도의 힘을 갖고 있었지만, 회색 바람의 소울 아머를 뚫기엔 역부족이다. 그런데 아프긴 더럽게 아팠다.

'게다가 이건 뭐 이리 많이 쏟아지는 거야?'

거짓말 조금 보태서 1초에 5발씩 쏟아지고 있었다. 거의 날아오는 속도가 기관총 수준이다.

전지적 작가 시점에서 상황을 관찰하던 구미호가 소리쳤다.

[화살을 쏘는 게 아니야. 이상한 에너지를 쏘는 거야!]

'마나인가?'

[아니, 저건…… 소울에너지?]

'소울에너지라고?'

그런 대화를 나누는 와중에도, 가드를 올린 경식의 몸으로 백 발이 넘는 화살이 집중포격에 들어섰다.

경식에게는 멀어진 곳에서 중얼거리듯 목소리가 들려 왔다.

"이거, 꽤나 단단하구려. 역시 빈 화살로는 한계가 있구려.

가둬 놓은 영혼이 몸을 단단하게 하는 성질을 가졌나 보오?"

"가둬 놓은 게 아니라⋯⋯."

남자의 말에 경식이 반발을 하려 하다가 입을 다물었다.

불현듯 살기가 경식에게로 쏘아졌기 때문이다.

조금 전, 자잘하던 살기와는 근본 자체가 다른, 한 차원 높은 농도의 살기였다.

[진짜 화살이 날아온다! 피해!]

구미호의 목소리.

하지만 그 목소리를 듣고도 피할 수 없었다. 그의 눈에도 화살이 보였지만, 그 화살의 속도는 피할 수 있는 수준이 아니었다.

그리고 그것을 느꼈는지 제이크 역시 눈을 부릅떴다.

"주, 주인⋯⋯!"

천하의 제이크가 나서기에도 늦은 타이밍에는 이미 화살 끝이 경식의 몸에 닿고 있었다.

양쪽 손으로 철저히 방어하고 있는 곳.

바로 경식의 심장이 있는 곳이었다.

콱!

"끄으으!"

경식은 왼팔 전체와 오른팔 반 정도가 꼬치처럼 꿰어져 버렸다. 소울 아머를 팔에 집중하여 에너지 밀집도를 높이지 않았더라면, 심장이 꿰뚫리는 꼴을 면치 못했을 것이다.

경식은 고통을 참아가며 꿰인 팔을 화살에서 빼낸 후 마저 뽑았다.

팍!

핏방울이 사방으로 튀었다.

"평범한 화살이 아니야……."

화살촉엔 문양이 그려져 있었다.

그것을 본 제이크가 눈을 부릅뜨며 외쳤다.

"룬어가 새겨져 있습니다!"

"룬어요?"

하지만 그것에 대한 대답을 들을 새도 없이 똑같은 살기가 경식에게로 폭사되었다.

화살을 재장전을 하고 경식을 노리고 있는 것이다.

'아니 왜 검을 쓰던 양반이 활을 쓰고 난리야?'

살기.

지금 상대방은 활줄을 쫘악 당겨서 경식을 조준하고 있다. 경식을 죽이겠다는 살기가 워낙 날카로워서 경식의 기감에 잡히고 있는 것이다.

이 살기가 없어지는 순간이 화살이 쏘아지는 순간이다.

하지만 그땐 이미 늦는다. 너무나도 빠른 이 화살은, 알았을 땐 이미 피하는 게 늦는 것이다.

'방법을 생각해, 방법을!'

순간.

경식을 겨누던 살기가 사라졌다.

그리고 거대한 그림자가 경식을 감쌌다.

뜨쾅!

"제, 제이크?"

"괜찮으십니까! 전 괜찮습니다!"

"전혀 괜찮지 않으신 것 같은데요!"

제이크가 손바닥이 화살에 꿰뚫린 채로 씩 웃으며 경식을 바라보고 있었다.

그때 허공에서 푸념 섞인 소리가 들려 왔다.

"제이크. 당신이 나서면 어떻게 하오? 내가 당신마저 상대해야 한단 말이오? 너무 과하지 않소!"

그 말에, 제이크가 이를 드러내며 유쾌하게 웃었다.

"주인님께선 답을 찾아낼 것이다. 늘 그래 오셨듯이!"

"자네도 참 주인 복이 없소."

둘의 대화를 듣는 경식은 더욱 혼란스러워졌다.

"뭐야. 둘이 아는 사입니까?"

그 말에, 제이크가 한숨을 내쉬며 고개를 끄덕였다.

"공교롭게도 그런 것 같습니다. 모습도 실력도 다르지만, 제가 아는 이가 맞습니다!"

"그럼 역시 오해가……."

"이젠 그게 중요한 게 아니게 되었습니다. 꼭 이기셔야 합니다."

제이크는 '전 당신을 절대적으로 믿어요'라고 말하는 듯한 눈빛으로 뒷걸음질 쳐 멀어져 갔다.

경식은 제이크에게 '저를 믿기보다는 저를 믿는 당신을 믿지 않아보는 게 어때요'라고 눈빛으로 강렬하게 피력했지만, 아쉽게도 제이크는 그것을 알아채지 못한 모양이다.

그리고 그 순간.

다시금 경식에게로 날카로운 살기가 뿜어져 나왔다.

어딘가에서 경식에게 화살을 쏘려고 조준을 하고 있는 것이 분명했다.

"으아아! 미치겠네? 역시 그 방법밖에 없나?"

제이크가 시간을 벌어준 덕에 경식은 이성을 되찾았고, 덤으로 이 상황을 타개할 방법 역시 생각해낸 상태였다.

'궁하면 통한다고. 붉은 어금니! 내 말 잘 들어.'

생각을 공유하기에 초고속으로 설명을 할 수 있는 것이 이럴 때는 큰 도움이 되었다.

설명을 들은 붉은 어금니는 기분 좋게 웃었다.

[톨톨톨톨. 그럴 줄 알.고 힘을 비.축 해두.고 있.었다.]

그 대답과 함께 붉은 어금니의 힘이 경식에게로 유입되어

들어왔다.

그의 눈이 별안간 회색과 노란색으로 이루어진 오드아이가 되었다.

회색 바람과 붉은 어금니의 힘이 합쳐진 것이다.

경식은 살기가 멎고 화살이 쏘아지기 전에 얼른 회전을 하기 시작했다.

물론 그러면서 샛노란 소울 아머가 내포하고 있는 향취(?)를 사방팔방으로 뿜는 것을 잊지 않았다.

곧 경식의 주변으로 누우런 안개가 형성되었다.

경식의 몸을 가려서 타점을 어긋나게 한 것은 물론이다.

[취이익! 나의 차례! 나의 힘을 온몸으로 뿜을래! 취이이익!]

얼추 맞는 라임과 함께 온몸의 모공에서 충격파가 뿜어져 나왔다. 모공에서 뿜어져 나오는 거라서 스프레이 형식이 되어 버려 위력은 전혀 없지만, 조금 전에 내뿜어진 향취를 멀리 뿌리기엔 충분했다.

순식간에 반경 50미터 정도가 노랗고 뿌연 먼지에 휩싸였다.

그리고 곧 입질이 왔다.

"우, 우웩!"

헛구역질을 하는 소리가 났고, 경식은 하늘 위를 바라보았다.

그곳엔 구미호가 최고 한도인 40미터까지 하늘 위로 올라간 후 주변의 모든 것을 샅샅이 살피고 있었다.

그리고 연막으로 인해 투명했던 남자의 형체를 발견했는지 기분 좋게 외쳤다.

[저쪽이야!]

경식이 외쳤다.

"불을 지펴!"

안 그래도 그럴 생각이었는지, 이미 구미호는 여우 불을 시전하였다.

형체가 있는 것을 태우지는 못하지만, 경식의 눈에는 그 요사스러운 빛이 똑똑히 보인다.

그것으로 족했다.

"저곳이구나!"

경식은 망설이지 않았다.

다시금 눈동자가 검게 돌아오기가 무섭게 보랏빛 아지랑이가 경식의 양 발쪽으로 이동하며 더욱 색이 짙어졌다.

콰앙!

진각을 밟고 쏘아지자 그 속도와 기세가 대포를 방불케 한다.

그 사이, 보랏빛 기운을 손끝으로 옮기며 마검 속으로 그의 소울 에너지를 충만하게 집어넣는다!

'이걸 휘두르면 끝난다!'

그런 생각을 하며 남자를 비추고 있는 여우 불과 가까워져 갔다.

안개가 걷히고 그의 모습이 보였다.

남자는 굳건한 자세로 활시위를 당긴 채 경식을 노려보고 있었다.

휘둘러 오는 검에 화살로 맞설 생각인 모양이었다.

'이쪽도 날 기다리고 있었구나!'

하지만 대처할 틈이 없다.

그저 검을 휘두를 뿐!

소울 에너지가 충만한 경식의 마검과 지금 막 쏜 남자의 화살이 부딪쳤다.

꽈자자자자작!

경식이 다섯 발자국이나 뒤로 물러나며 검을 꽉 쥐었다.

화살은 마치 총알이라도 된 듯 빙글빙글 회전하며 검신과 맞서고 있었다. 그 힘을 이기지 못하고 뒷걸음질 친 것이다.

"후우! 위험했소. 붉은 어금니까지 합세했을 줄이야. 언제 맡아도 더러운 냄새요."

남자가 인상을 찌푸리며 다시금 활시위를 당겼다. 시위에는 강철 화살이 담긴 채 반짝 빛나고 있었다.

재차 화살을 쏘려는 모양이고, 거리가 가까운 만큼 조준하는 시간조차 얼마 걸리지 않을 것이다.

경식은 직감했다.

'위험하다!'

이 거리에서 저 화살을 맞는다면 몸이 꿰뚫릴 것이다. 게다가 미치도록 정확한 저 화살은 분명 경식의 머리나 가슴을 노릴 것이다.

위기였다.

하지만 그때.

황금빛의 무언가가 남자에게로 창처럼 날아왔다.

남자가 다급한 나머지 검집 째로 검을 들어 올렸다.

파캉!

황금빛의 무언가가 검에 맞고 튕겨져 나갔다.

덕분에 시간을 벌었는데, 그때 누군가가 경식과 남자 사이에 착지한 후 돌려차기를 시원하게 날렸다.

물론 경식이 아닌 남자에게 말이다.

팡! 파팡!

세 번에 걸친 돌려차기를 황급히 막아 낸 남자가 뒤로 물러서며 말했다.

"여인은 때리지 않는 주의요! 게다가 당신같이 아름다운 여성은 말이외다!"

"참 착한 남자네. 근데 내가 좀 나쁜 여자라서 말이야."

갑자기 나타난 여인은 맨손격투로 남자를 몰아붙였고, 그는 어찌할 바를 모르고 뒤로 물러나고 있었다.

여인은 바로 란시아였다.

"내가 막을 테니까 다 큰 처녀한테나 가 봐!"

"네, 넵!"

"주, 주인님!"

아직 승부가 끝나지 않아 경식을 막아서려는 제이크에게 경식이 짜증 섞인 목소리로 대답했다.

"실전도 좋고 훈련도 좋지만 슈아가 위험해요! 아무래도 저 사람은 납치범이 아닌 것 같다고요!"

물론 그것은 제이크도 짐작하고 있는 사실이었다.

경식의 말에 정신을 차린 제이크 역시 슈아가 걱정되기 시작했다.

"빨리 가 봐 주십시오!"

이미 경식은 사라지고 없었다.

*   *   *

"후! 후우!"

경식은 수월하게 슈아를 찾아낼 수 있었다. 다름 아닌 그녀의 영혼이 뿜어내는 냄새 때문이었다.

'왠지 강아지가 되는 느낌이라 평소엔 쓰지 않지만…….'

아주 멀리는 아니겠지만, 그래도 반경 5키로 이내에 찾는 대상이 있다면 영혼의 냄새(?)를 맡고 찾아갈 수 있었다.

'점점 가까워지고 있군.'

경식은 눈앞에 있는 담장을 넘었다.

그러자 빠른 걸음으로 앞으로 나아가고 있는 슈아를 찾을 수 있었다.

"슈아!"

멈칫!

경식은 가쁜 숨을 몰아쉬며 슈아에게로 다가갔다. 그리고 슈아의 어깨에 손을 얹고 말을 이어 갔다.

"왜 갑자기 도망친 거야? 도망치지 않아도……."

푸우우욱!

"……?"

경식은 배 쪽에서 이물감을 느끼며 뒤로 주춤 물러났다.

배를 내려다보자 큰 구멍이 뚫려 있었고 슈아의 손은 피로 흥건했다.

"컥. *끄으으윽?*"

예상 밖의 일에 소울 에너지도, 빙의도 하지 않은 상태에서 당한 불의의 일격.

[경식아아아아아아!]

구미호가 비명을 지르며 경식에게로 다가왔다.

경식 역시 믿을 수 없어서 슈아를 뚫어지게 바라보기만
했다.

"도, 도대체 왜……?"

그녀의 눈동자는 공허로 가득 차 있었다.

털썩.

경식은 쓰러지고, 슈아는 다시금 바른 걸음으로 경식에게
서 멀어져 갔다.

그녀가 멀어져 가는 만큼 경식의 의식 역시 현세에서 멀어
지고 있었다.

기절하려는 것이었다.

[취이익! 정신 차리길! 이대로 눈 감으면 황천길! 취이익!]

[받아.들여라. 나.의 힘을! 제.발 힘을 줄 테니 받아 들.이기
만 해!]

황급한 목소리들이 울려 퍼졌다.

구미호는 어쩔 줄 몰라 하다가 이내 냉정을 되찾고 말했
다.

[내가 의식 세계로 들어가서 어떻게든 깨워볼게.]

구미호가 경식의 의식세계로 들어가, 사라지려는 그의 의
식을 붙들었다.

"쿨럭!"

경식이 눈을 부릅뜨며 피를 토해 냈다.

하지만 덕분에 정신은 약간 맑아졌다.

[어.서 정신을 차려.라!]

[취이익! 취익! 췌이이이이익!]

[경식아. 경식아? 정신차려어……]

울부짖음에 가까운 두 영혼과 흐느끼려는 듯한 구미호의 목소리까지.

그것은 경식에겐 익사 직전에 내려온 가느다란 동아줄과도 같은 것이었다.

그것을 잡아야 했다.

그것을 놓치면 정말 죽고 만다.

"쿨럭!"

경식은 의식의 끊을 놓지 않으며 붉은 어금니의 진명을 불렀다.

태론.

추와아아악!

경식의 등 뒤에서 뽑혀져 나온 트롤의 반신이 황급히 경식의 온몸을 감쌌다.

그리고 자신의 힘을 경식에게 직접 부여했다.

치이이이이익.

상한 내장이 연기를 뿜어내며 아물어갔다. 그다음엔 붉은 근육이 실타래 이어지듯 이어 붙더니 가죽이 재생되고 새살이 돌아났다.

"후아. 하. 하아아아······."

힘이 다한 경식은 결국 주저앉았다. 한참 전투를 벌인 후 상처를 입게 되었다. 가까스로 진명을 불러서 원래대로라면 죽었을 상처를 재생하기까지 했으니, 힘이 남아 있을 리 없었다.

곧이어 제이크가 자신을 가로막는 벽이나 건물들을 전부 깨부수며 경식에게로 다가왔다.

"주인니이이임!"

"으아아아. 쉬, 쉬고 싶······."

경식은 그 말을 끝으로 정신을 잃었다.

*　　　*　　　*

수행원들과 함께 생활을 하던 아그츠의 눈동자가 부릅떠졌다.

에리오르슈 쿠드.

경식의 기적을 느꼈기 때문이다.

"드디어!"

일전에 농땡이를 피우다가 기척을 놓친 것을 생각하면 아직도 이가 갈렸다.

"모두들 나를 따라오십시오!"

수행원들은 군말 없이 그의 뒤를 따랐다.

아그츠는 수도원에서 빠져나와 도심 한복판으로 질주했다. 그의 뒤를 쫓아오는 수행원들의 숨이 턱까지 차올랐지만, 아그츠는 속도를 줄이기는커녕 더욱 쾌속하게 질주했다.

"광장 쪽. 광장 쪽입니다!"

광장까지 남은 거리는 대략 10킬로미터.

그의 걸음이 더더욱 빨라졌다.

헌데, 냄새가 없어지려 하고 있었다.

"서두릅니다."

이번에는 절대 놓치지 않으리.

하지만 아그츠의 그런 다짐을 비웃기라도 하듯, 그 결과물은 시원치 않았다.

체취가 끊긴 장소에 경식은 없었다. 대신 거대한 전투의 흔적만이 보일 뿐이었다.

"수색에 들어갑니다."

주변엔 무언가 화살 같은 것들이 박힌 자국과, 더불어 진각을 밟은 흔적들이 역력했다.

그러다가 갑자기 한쪽으로 몸을 날린 흔적이 보여 그곳을 가봤더니 핏자국이 흥건했다.

아그츠는 그 핏자국에 가까이 코를 가져가 벌름거렸다.

킁킁. 킁. 킁킁.

"에리오르슈 쿠드. 녀석의 피가 확실합니다."

빠득!

이를 갈며 일어서서 주변을 둘러보자, 핏자국이 이어져 있는 것을 발견할 수 있었다.

단서를 잡은 아그츠가 수행원들을 불러 모은 후 그 핏자국을 쫓아갔다.

하지만 그 핏자국은 이윽고 이어지지 않고 끊어져 버린다.

마치 누군가가 지우개로 흔적을 전부 지워 버린 것처럼 말이다.

"흔적을…… 살릴 수가 없군요."

흔적을 놓쳤다.

다시 한 번 에리오르슈 쿠드를 놓친 것이다.

"이것이 주신께서 내려주시는 시련이라면 달게 받겠습니다.

묵묵히 절규하는 아그츠.

같이 따라 온 수행원들은 그런 아그츠를 묵묵히 바라보며 안타까워할 뿐이었다.

"다시…… 다시……."

아그츠는 두통이 오는지 이마에 손을 짚으며 한숨을 푹 내쉬었다.

이번에도 그는 한 발 늦었다.

"다음번엔 만나겠지."

아그츠는 허허롭게 웃으며 신전 쪽으로 걸어갔다.

수행원들 역시 그런 아그츠의 뒤를 따라 걸었다.

어느새 새벽이 지고 태양이 떠오르려는지, 하늘은 하늘색으로 물들어가고 있었다.

*　　　*　　　*

"으음, 또 이곳으로 왔네."

경식은 머리를 긁적이며 주변을 둘러봤다. 땅바닥은 주황색 잔디였고 하늘은 노란색이었다. 분명 이곳은 현실 세계가 아니었다.

이곳은 꿈의 세계.

그것을 인지한 순간, 에리카가 경식을 째려보고 있었다.

"왜 이렇게 나를 찾지 않은 것이냐!"

그녀는 다짜고짜 화를 냈다.

경식은 약간 어이가 없어서 말했다.

"아니 찾아오고 싶으면 네가 꿈속으로 찾아오면 될 거 아니야?"

"너의 최소한의 허락이 있어야 그것이 가능한데, 너는 내가 보기 싫었던 게다."

에리카는 경식에게 자신의 의사를 전달하여 꿈에서 만날 수 있다. 하지만 그것은 경식에게 '만나자'라고 말하는 것일 뿐 강제로 경식을 소환할 수는 없다.

초반에는 강제로 들어가거나 졸리게 해서 신호를 보낼 수도 있었지만, 지속적인 소울 브리딩과 영혼 수련, 영혼의 흡수 덕분에 경식의 영혼이 강해져서 그렇게 할 수가 없었다.

그러니 에리카는 경식이 에리카를 보고 싶다고 생각하거나, 그것도 아니면 지금처럼 경식이 크게 다쳐서 혼수상태일 때에나 들어올 수 있는 여지가 생기는 것이다.

그리고 공교롭게도 혼수상태가 아니었더라면 에리카는 경식을 앞으로 못 보았을 가능성이 컸다.

"네놈. 내가 보기 싫은 것이냐? 그런 게야?"

에리카의 음성에선 약간의 울먹거림마저 느껴졌다.

하긴, 에리카는 경식이 아니라면 의식 속에서 끝없이 부유할 수밖에 없었다. 유일한 탈출구인 경식이 자신을 보기 싫어해서 갈 수조차 없으니 마음이 상할 만도 했다.

"으음…… 보기 싫다고 생각한 적은 없는…… 아니네. 맞는 말인 것 같아. 보기 싫었어."

말을 하면서 생각해 보니 경식은 에리카를 보고 싶거나 하진 않았다. 그리고 그 이유 역시 간단했다.

"넌 만나기만 하면 항상 영혼들이 애완혼이라느니 족쳐야 한다느니 '복종'하게 만들어야 한다느니 나를 계속 가르치려고 들잖아? 나는 그러기 싫고 왜 그래야 하는지도 모르겠는데 말이야."

"으윽!"

그런 이유 때문에 무의식적으로 에리카를 보지 않기를 바라 왔다. 더군다나 에리카에게 물어보면 쉽게 풀 수 있는 부분도 무의식적으로 그녀를 떠올리지 않음으로써 멀리 돌아오기도 하고 말이다.

그중 하나가 이런 것이었다.

"아. 영혼들이 자신의 기척을 나에게서 숨길 수도 있는 거야?"

그 말에, 심통이 날 대로 난 에리카가 입을 꾹 다물고 고개를 저었다.

"말 안 해 줄 것이다."

"뭐야. 삐졌어?

"삐진 게 아니라 화가 난 게다! 난 네놈에게 화가 난 게야!"

"끄응."

경식 역시 에리카의 상황을 알기 때문에, 그리고 운명공통체로서 서로를 좀 더 이해하기가 쉽기 때문에 그녀가 지금 어떤 심정일지 눈빛만 봐도 알 수 있었다.

'그래, 엄청 섭섭했겠지.'

사실 무의식으로 보기 싫다고 생각했을 뿐, 의식적으로는 아무것도 느끼고 있지 않았기 때문에 이런 일이 벌어진 것이다.

"진짜 보기 싫다거나 그런 건 아니었어. 아까도 말했다시피 네가 항상 이상한 말만 하니까 그런 거야."

"이상한 말이 아니라 정답을 말하는 것이다! 네놈도 머지않아 알게 될…… 끄응! 그때 날 원망하지나 말거라!"

말하는 도중 경식의 표정이 어두워지자 금방 말을 끊은 에리카가 콧방귀를 뀌며 고개를 돌렸다.

경식이 머리를 긁적이며 고개를 끄덕였다.

"그런 날이 오면 반드시 너를 원망하지 않을게. 그러니까 이제 너도 그런 쪽의 말은 삼가 줘. 무의식적으로 널 보기 싫어지지 않게. 내 의식은 그런 걸 원하지 않으니까."

"……."

시종일관 차갑던 그녀의 표정이 마지막 말에 약간은 풀린 듯하다.

"흥…… 앞으로는 그러지 말거라. 내가 얼마나 심심했는지 아느냐?"

"그, 그래. 알 것 같아."

"앞으로 정말…… 정말 그러지 말거라."

"응. 조심할게. 알았지?"

경식은 그 후로도 한참 동안 에리카를 달래고서야 경식이 원하던 바를 들을 수 있었다.

"그러니까, 기척을 숨길 수 있는 녀석들이 있냐는 말이야?"

"그렇지."

영혼의 기척을 느끼고 이곳까지 쫓아왔었다. 그런데 막상 이 근처로 오고 나니 기척이 사라졌다. 반경 몇 킬로 바깥에서는 잡히던 기척이, 가까이 오자 말끔하게 사라지는 것이다.

그리고 그 말에, 에리카가 알겠다는 듯 고개를 끄덕였다.

"상급 영혼들이 그런 짓을 잘 한다."

"상급 영혼?"

"몬스터들이 아니라, 살아생전 인간이나 다른 유사인종. 그러니까…… 제법 영혼의 그릇이 넓고 똑똑했던 영혼들이 자신의 기척을 숨길 수가 있느니라."

그러니까 한 가닥 하는 녀석이라서 그런 요사스러운 짓거리를 할 수 있다고 말하는 것이었다.

"으음…… 그렇구나. 그럴 수 있는 영혼이 많았나 봐?"

"여섯 개체정도. 사실 그럴 수 없는 개체들이 적었다고 봐야겠지."

붉은 어금니는 강력한 영혼이다. 하지만 기척을 숨기거나 할 순 없었다. 지적 생물체라기보다는 몬스터였기 때문이다. 물론 투마 역시 마찬가지.

그리고 같은 이유로, 이전에 사령의 보옥에 갇혀 있지 않고 경식과 구미호의 여우구슬에 처음 들어온 회색 바람 역시 기척을 숨기는 것은 하지 못한다.

그러나 고위급(?) 영혼들. 즉, 지성을 갖고 그 지성이 높았던 영혼들일수록 자신의 기척을 숨기는 게 가능한 것이다.

"그런데 아예 숨기지는 못하지?"

경식의 말에 고개를 끄덕이려던 에리카가, 이내 움직임을 멈추고 곰곰이 생각에 잠겼다..

"아니. 완전히 기척을 숨길 수 있는 녀석이 두 마리 존재한다."

"......?"

"한 개체는 너무 지고한 지성을 지녀서. 그리고 한 개체는……."

무언가 재미있는 일을 떠올렸는지, 에리카는 말을 멈추고는 작게 웃음을 터뜨렸다.

"푸훗. 그 웃긴 녀석."

"웃겨? 누가?"

"있다. 참으로 웃긴 녀석이었지. 그 녀석은 은신 자체가 자신의 장기인지라, 기척을 완벽하게 숨기는 것이 가능하다. 아주 재능이 뛰어난 녀석이었지."

"흐음. 그렇구나."

경식은 기척을 완전히 숨길 수 있는 영혼이 두 개체이고, 나머지는 이런 식으로 가까이에 있는 기척을 숨길 수 있는 녀석들이구나 하고 생각하며 고개를 끄덕였다.

그 후로도 둘은 이런저런 이야기를 나누었다. 대부분 시시껄렁한 이야기였다. 그리고 말을 하다가 깨달은 바가 있어, 경식이 박수를 치며 벌떡 일어났다.

"야! 너 문자에 대한 기억을 나한테 전이시켜줄 수 있어?"

그 말에, 에리카는 얼떨떨하다는 듯 고개를 끄덕인다.

"룬어까진 어떻게든 가능할 것 같구나. 부작용이 없을 것이다. 워낙 단순한 지식인지라……."

"아오! 나 지금까지 까막눈으로 살았다고!"

지금까지 조금씩조금씩 슈아에게 글을 배우고 있었다고 말하자, 에리카가 한심하다는 듯 혀를 끌끌 찼다.

"멍청한 녀석. 그런 일이 있으면 나에게 말을 해 주면 될 것을."

울컥.

경식 역시 울컥해서 말했다.

"너도 멍청하거든? 그런 게 있으면 나한테 먼저 말을 해서 주입시켜 놓으면 되잖아? 아무것도 모르는 사람 불러와서 말이야. 이런 식으로 고생을 시켜?"

"그, 그것은 너를 강하게 키우려고!"

"하이고 강하게요? 정말요? 정말 그러세요, 운명공동체 씨?"

경식이 에리카의 눈을 똑바로 쳐다보며 그리 묻자, 에리카는 할 말이 없어져서 입을 꾹 다물었다.

"기, 기다려라. 생각을 해야만 응용할 수 있는 부분들은 전이를 못하지만, 문자 같은 단순 지식은 가능할 것이다."

경식은 에리카에게 이 세상의 문자와 덤으로 룬어까지 전수를 받은 후에도 에리카가 질릴 때까지 이야기를 하고서야 의식을 되찾을 수 있었다.

그것은 꽤나 긴 시간이었다.

Chapter 4

푸른 허무

갇혀 있다는 것의 정의는 다양하다.

사방이 막힌 상자 속에서 꼼짝할 수 없는 것도 그리 표현할 수 있겠지만, 지금 같은 상황에서도 어렵지 않게 쓰일 것이다.

어둠을 머금은 물가 깊숙한 곳.

소녀는 현재 차가운 물속에 갇혀 죽음을 기다리고 있었다.

다른 이들은 충분히 발을 딛고 나아갈 수 있겠지만, 발이 땅에 닿지 않는 어린아이는 좀처럼 빠져나갈 수가 없었다.

소녀는 잔뜩 겁을 먹고 있었다.

짙은 금발에 금색 눈동자를 지닌 아름다운 일곱 살 소녀는 지금 확실히 죽어 가고 있었다.

가까운 물가에서만 놀라는 보모의 말이 떠올랐지만, 후회해 봤자 소용이 없는 일이었다.

죽는 마당에 눈물이 나왔지만, 물속인지라 흐르고 있는지 아닌지도 잘 모르겠다.

혼란 속에서 떠오르는 건 그저 가족들의 얼굴뿐이었다.

돌아가신 어머니. 딱딱한 면이 있지만 분명 상냥한 아버지.

그리고 하나뿐인 오빠.

그녀보다 3살이나 많은 그녀의 오빠 아란츠는, 천둥이 치는 날 밤이면 소녀를 꼭 끌어안고 자장가를 불러 주곤 했다.

자신도 무서울 것이 분명한데, 그는 단 한 번도 소녀의 어깨를 놓아주지 않았다.

'이번에도 와 줘. 나 무서워.'

온몸에 힘이 빠지며 그녀는 결국 삶의 집착을 놓았다. 삶의 집착을 놓은 어린 소녀가 상상으로나마 마지막으로 눈에 담은 것은, 역시나 가장 보고 싶은 사람이었다.

그녀의 오빠.

아란츠.

하지만 그것은 허상이 아니었다.

다급한 표정을 한 열 살배기 소년은 의젓하게 소녀의 몸을 떠안고 물가로 나왔다.

"늦어서 미안하다!"

오빠의 첫마디였다.

소녀는 괜찮다고 말하고 싶었는데 입은 다른 소리를 했다.

"미안하면…… 언제나 함께해 줘."

오빠는 소녀 때문에 눈물을 흘리면서도 해맑게 웃으며 고개를 끄덕였다.

"언제나 너와 함께야. 늘 그러했듯이."

소녀는 안도하며 정신을 잃었다.

그리고 다시 깨어난 후로, 소녀는 오빠와 언제나 함께였다. 서로 항상 붙어 있었고, 떨어졌을 때에도 마음은 항상 함께였고 기다림 끝에 다시 만난 날에는 서로 입을 맞추며 서로의 마음을 확인하곤 했다.

소녀는 태어날 때부터 옆에 있던 사람이기 때문에, 소년은 기억을 하기 시작한 때부터 옆에 있던 소녀였기에 그것은 당연한 것이었다.

하지만 둘의 풋풋한 사랑을 주변 사람들이 알게 되었고 그들의 아버지가 알게 된 순간 둘의 사랑은 깨지고 만다.

오빠는 자라면서 소녀를 멀리했고 소녀 역시 당연하다는 걸 알면서도 오빠에게 집착해 왔다.

숨기고 숨겼다. 자신의 마음을.

어릴 때의 치기어린 생각이니 거부해 보려고 노력도 해

봤다.

하지만 그런 숨기는 마음이 소녀의 마음속에서 상처가 되어 있었고 그 상처는 곪을 대로 곪아버렸다.

그리고 소녀가 16세가 되고 아란츠가 19세가 되어 있던 어느 날. 비바람과 함께 천둥이 크게 내리치던 때에 사건이 일어났다.

10살 이후로 천둥이 쳐도 오지 않던 소녀는 아란츠의 방을 찾았고, 아란츠는 기쁜 마음으로 그녀를 꼭 끌어안았다. 아란츠는 동생을 위하는 마음이었지만, 적어도 아리아는 달랐다.

입을 맞추고, 더 깊은 관계를 하려 하였다.

물론 아버지의 뒤를 이어야 하고, 사리분별을 할 수 있었던 아란츠는 그런 동생을 좋게 타일렀고, 그 사실을 아버지에게 알렸다.

가문의 안녕을 위해, 아버지를 위해 어쩔 수 없는 행동이었다.

하지만 그 행동이 아리아를 미치게 만들었다.

강제적으로 정략결혼이 맺어졌고 혼례의 절차가 일사천리로 진행되었다.

다른 귀족가의 여식들은 이 나이 즈음 되면 치르는 중요한 관례이지만, 그녀에겐 패닉 그 자체였다.

자살을 하고 싶지만, 아란츠를 보지 못한다. 하지만 살아도 혼례를 치르면 그를 보지 못한다.

힘이 없는 자신이 한심스러웠다.

원망스러웠다.

죽지 않으면 벗어날 수 없는 상황이 너무나도 원망스러웠다.

[그럼 죽으면 되지 않나. 낄낄. 물론 너 말고. 네 남편 될 사람 말이야.]

그때 들려온 음성이 있었다. 자신을 검은 진주라고 밝힌 그것은, 그녀의 몸속으로 들어가길 원했다.

[명예를 걸고 말하지. 난 너에게 힘을 주지 몸을 빼앗지 않아. 그럴 필요도 없고, 귀찮기만 하거든.]

그녀에겐 사실 선택권이 없었다.

검은 진주를 받아들였다.

[처녀 하나를 가져와. 흑마법을 쓰려면 재료 정도는 필요하잖아?]

처음엔 그녀도 거부했다. 친오빠를 사랑한다는 것을 제외하면 그녀는 착한 소녀였으니까.

하지만 결국 그녀는 자신의 시녀 한 명을 내주기에 이르렀고, 그 시녀를 희생시켜 흑마법을 사용했다.

그리고 성공적으로 혼례를 그르치게 할 수 있었다.

그 이후로 다음 혼례도, 그다음 혼례에도 더욱 교묘한 방법으로, 더욱 강력한 흑마법을 사용하여 막아갔다.

[두 번째 세 번째가 네 번째 다섯 번째, 열 번째가 되지 말란 법이 없지. 원천봉쇄하는 방법도 있어. 물론 너의 선택이지만 말이야.]

처녀 100명이 필요하다는 말을 처음 듣고, 그녀는 그 제안을 거부했다. 검은 진주 역시 그녀를 보채지 않았다.

하지만 3번째 혼례를 막고, 4번째 혼례가 잡히는 걸 바라보며, 아리아는 검은 진주의 말에 따라 수도의 처녀란 처녀는 닥치는 대로 납치했다.

물론 그녀 역시 이러한 일이 잘못되었다는 것쯤은 알고 있었다. 하지만 그녀로서는 어쩔 수 없었고, 이제는 멈출 수도 없게 된 것이다.

"모두들…… 희생해 줘. 내 사랑을 위해."

그녀는 결국 자기 자신에 대한 연민으로 죄의식을 합리화시키기 시작했다.

그리고 그 이후로, 그런 부정한 마음을 뜯어먹고 사는 검은 진주의 힘은 몰라보게 강해지기 시작했다.

*　　　*　　　*

경식이 의식을 되찾자마자 구미호와 제이크가 울먹거리는 얼굴로 경식의 코앞까지 얼굴을 들이밀었다.

[괘, 괜찮아? 괜찮은 거야?]

"다 저의 불충이 불러 온 결과입니다아아아! 저를 죽여 주십시오오오!"

"아으으…… 머리가 울리니까 제발 그만 좀 해 줘요."

옆에 있던 왕년 노인이 경식을 안쓰러운 듯 바라보며 말했다.

—헐헐, 이해하게. 자네가 정신을 잃은 지 3일 만에 깨어났으니 얼마나 걱정을 했었겠는가?

"에…… 3일이나요? 어쩐지."

영혼들의 방인 여우구슬 속으로 들어가 이야기를 나누는 것도 할 수가 없었다는 것은, 그가 완전히 의식을 잃었다는 증거였다. 덕분에 에리카와 만날 수 있었지만 질리도록 그곳에 있었다.

3일이나 혼수상태였으니 그런 일이 발생한 것이리라.

"쩝 오래도 있었……."

경식은 말을 하다 말고 전후사정이 모두 떠올라서 외쳤다.

"슈아는! 슈아 어디에 있어요!"

그 말에 대답한 것은 일행이 아닌 다른 한 사람이었다.

"그래. 그 아가씨의 이름이 슈아였지. 얼굴만큼 예쁜 이름을 가진 아가씨였소."

"……?"

경식은 소리가 난 곳으로 고개를 돌렸다.

그곳엔 호리호리한 체형에, 어딘지 모르게 매력이 느껴지는 얼굴을 한 남자가 경멸 어린 시선으로 경식을 바라보고 있었다.

바로 경식을 공격했던 검과 활을 잘 쓰는 미남자였다.

"그 어여쁜 아가씨가 당신 때문에 잡혀갔소. 내 말을 듣지 않은 결과였지."

"말을 듣지 않았다뇨? 말이라도 했습니까?"

"말을 할 기회라도 주었소?"

"끄응."

확실히 그것은 경식의 잘못이 맞았다.

하지만 경식 역시 할 말이 있었다.

"당신이 납치범이 아닌 건 알겠습니다. 그렇다면 슈아를 공격하려 했던 이유는 뭡니까?"

"아니 지금 그걸 말이라고 하시오?"

"똑같은 상황이 와도 저는 똑같은 행동을 취할 겁니다만?"

"허어. 이거 참. 멍청한 것도 정도가 있어야 하는 법이거늘! 이래서 잘생긴 남성은 싫어한단 말이오!"

말쑥하게 생긴 남자가 열변을 토하는 가운데, 경식은 주변에 서있는 란시아를 바라보며 물었다.

"저 남자가 뭐라고 하는 겁니까? 슈아가 납치범일 리는 없잖아요?"

지금 그는 슈아에게 배가 뚫려서 3일 동안 사경을 헤맸다. 그것이 이해가 가질 않으니 전후사정이 단 하나도 이해가 되질 않았다.

"진짜 단 1도 모르겠다고요, 지금!"

"하아."

란시아가 한숨을 내쉬며 전후사정 설명에 들어갔다.

"그러니까. 납치범은 인간이 아니야."

"그건 저도 알고 있어요. 그래서 저 사람이 슈아에게 위해를 가하려 했을 때 약간 의아해 했던 거고요."

그가 보았던 실루엣은 망령과 비슷한 느낌이었다. 눈앞의 미남자와는 전혀 다른 인물인 것.

"그러니까 그 망령이…… 아아?"

말을 하던 경식이 입을 다물었다.

망령. 그리고 갑자기 돌변한 슈아.

슈아는 처녀를 납치하던 실루엣에게 씌었던 것이었다.

"왜 그 생각을 못 했지?"

그 실루엣은 처녀를 강제로 데려간 것이 아니다.

처녀에게 빙의하여 제 발로 걸어가게 했었던 것 같았다.

"이제야 좀 이해를 하는 모양이구려. 후우…… 그리고 아직까지도 그 못돼먹은 영혼이 사령의 보옥을 탈옥한 탈옥 영혼인 것을 모르고 있겠지."

"……."

너무 맞는 말이라 할 말이 없었다.

사실 지금 이 상황에선, 눈앞의 남자가 자신에게 등신이라고 하건 아메바라고 하건 할 말이 없었다.

"끄으으응."

"어휴. 하여간 난 그 녀석을 저지하려 하였는데, 이렇게 당신이 나타난 거요. 이제 상황을 1은 이해하시겠소?"

"그, 그러네요."

"어휴. 이래서 잘생긴 남자는 싫단 말이요! 당신 때문에 다 어그러졌소!"

울컥.

"아니 걱정거리 2개가 한 개로 합쳐졌다고 해서 달라지는 건 없어요. 그리고 당신이 오지 않았더라면, 어떻게든 상황을 타개했을 겁니다. 슈아를 붙잡고, 공격을 당해도 어떻게든 제압해서 영혼을 끄집어낼 수 있었겠죠?"

"자꾸 말대답하지 마시오. 난 잘생긴 남자가 싫고, 잘생긴 남자가 나에게 말을 거는 것도 싫고, 잘생긴 남자가 나에게 말대답하는 것은 더더욱 싫어하는 사람이란 밀이오!"

"아니 뭐 이런…… 뭐야 칭찬이야?"

[뭐가 칭찬이야! 너 바보취급 하는데!]

구미호가 핀잔을 주었다.

"으으으."

경식이 혼란스러워 하는데, 남자가 한숨을 푹 내쉬고는 다시금 말했다.

"그 영혼의 이름은 검은 진주라고 하오. 예전, 흑마법사가 세상을 지배하던 시절. 인간의 몸으로는 이룰 수 없는 마도를 추구하다가, 결국엔 마계의 문까지 연 흑마도사의 생을 타고난 악질적인 영혼이라오."

이야기를 들어보니 대단한 녀석인 듯하다.

그런데 그 대단한 게 약간 이해가 가지 않는 구석이 있었다.

"그러니까. 그 영혼이 살아 있을 시절에 마계를 열어서 세상을 뒤흔들어 놓았다는 건가요?"

그 말에, 남자가 한숨을 푹 내쉰다.

"말 좀 한 번에 알아들으시오. 마계를 연 마법사가 아니라, 마계를 연 마법사의 다음 생을 살았던 마법사란 말이오!"

울컥.

"아니, 누구라도 못 알아들었을 것 같은데!"

"또! 또! 잘생긴 주제에 나에게 말대답을 하다니! 나의 도움을 받고 싶지 않으신가 보구려!"

그 말에 더 울컥했다.

"누가 도와달래?! 꺼져! 꺼지라고!"

"어허! 꺼지라는데 나 꺼져도 되오이까? 모두들 내가 그러길 바라시오!"

남자가 그리 말하며 주변을 둘러봤다. 그 말에 제이크나 구미호는 가만히 있었지만, 란시아는 고개를 저으며 만류했다.

"경식아. 이자는 꽤 필요한 인재야. 강하잖아? 그리고 이자의 말에 따르면, 그 검은 진주라는 영혼체에 상처를 낼 수 있다고 하더라고."

그때 그 화살 이야기를 하는 모양이었다.

룬어가 박힌 화살.

회색 바람의 소울아머가 두텁게 쌓여 있던 경식의 팔을 단번에 꿰뚫어 버릴 정도이니, 형체가 없던 검은 진주라는 영혼에게도 상처를 낼 수 있을 것이 분명했다.

"하지만 그 화살이 제 가슴을 겨냥했다는 것을 잊지 말아야 해요!"

"흥! 다시금 죽을 뻔해야 정신을 차릴 사람이로군."

"뭐라고요!"

"어허! 그 잘생긴 눈을 어서 치우지 못할까! 그 도전적인 눈빛 받아들이기 어렵소이다!"

"아니 도대체 무슨 말이 저래?"

듣고 있던 구미호가 둘 사이에 끼어들었다.

[아 그만들 좀 싸워. 내가 정리를 한번 해볼 테니까.]

크흠흠.

구미호가 헛기침을 하더니 말을 이어 갔다.

[그러니까. 우리가 찾던 네 번째 영혼은 마계란 곳을 열었던 흑마법사가 죽은 다음 다시 태어난 녀석이 죽어서 된 영혼이란 말이지?]

[그러니까, 우리가 찾던 네 번째 영혼은 흑마법사란 말이지? 죽기 전, 마계란 곳을 열었던 전적이 있는?]

"그렇소. 아주 간단하지 않소?"

전혀 간단하지 않았다.

"다시 태어난 후에도 그는 마법사가 되어 7서클까지 올랐었지. 물론 흑마법의 힘을 빌려서 말이외다. 그리고 죽은 후, 영혼이 되어 자신의 전생을 알아차리는 행운인지 불운인지 모를 상황을 겪게 되오. 하지만 이내 사령의 보옥이라는 곳에 갇히게 되지. 그리고 영원히 고통 받을 줄 알았던 사령의 보옥에서 빠져나오게 되니, 자신의 세상 같을 거요. 아마 전생의 기억을 되찾고 싶어 하겠지. 처녀들을 모으는 것도 그런 이유일 것이외다."

혼자 주절거리던 남자가 한숨을 내쉬며 이야기를 계속 해 나갔다.

"나는 그 녀석의 존재를 최근에 느끼고 이곳에 왔소. 또한 막으려 했고, 이번이 절호의 기회였소. 하지만 결과는 또 한 번의 실패라오. 바로 당신 때문에 말이오."

슈아가 빙의된 지도 모르고, 도우려던 남자와 맞서고 급기야 슈아에게 다가가 뱃가죽까지 뚫린 입장에서 경식은 입이 열 개라도 할 말이 없는 것이 맞았다.

"크으…… 빌어먹을."

"이제야 당신의 아둔함을 인정하는 모양이로군. 이제 다시 원점으로 돌아왔소. 만약 당신들이 방해만 안 했더라면 난 그 녀석을 저지할 수 있었을 것이오."

남자는 혼자 한숨을 푹푹 내쉬고 있다.

그리고 그런 남자를 경식을 포함한 모두가 바라보고 있었다.

특히나 경식에게 있어 남자의 존재는 꽤나 미스터리했다.

"그런데 그러는 당신은 누구입니까?"

그 말에, 남자가 어깨를 으쓱였다.

"잘생긴 남자에게 가르쳐 줄 이름 따위 없소."

"……."

그 말에 구미호가 나긋나긋한 목소리로 남자에게 다가갔다.

[이름이 뭐암?]

그 말에, 남자가 콧방귀를 뀌었다.

"짐승에게 가르쳐줄 이름도 없소! 암컷이긴 하지만 수컷이 아닐 뿐이라오."

[뭐, 뭣! 야! 너 말 다했어!]

물론 남자는 그 말에 대꾸하지 않았다.

무시를 당한 구미호가 더욱 땍땍거렸다.

[와아. 내가 얼마나 아름답게 생겼는데! 내가 얼마나 여성스러운데! 너 아직 모르는구나, 내 진면목을? 어!? 내가 보여 줘? 보여 줘 버릴까!]

"흥미 없소."

구미호와 남자가 실랑이를 벌이는 와중에도 경식은 궁금했다.

저 남자.

어떻게 영혼을 보고, 들을 수 있는 것인가?

"혹시 당신. 영혼입니까?"

그 말에, 남자가 피식 웃었다.

"그렇소. 나 역시 사령의 보옥에 숙식하고 있던 영혼이오. 에리카 양과 함께 즐거운 나날을 보내던 중, 억지로 내쫓김

당하게 되었다오."

"……그렇다면?"

"물론 이 몸체 역시 다른 이의 것을 잠시 빌린 것뿐이라오. 물론 동의를 구하였지. 다 죽어 가는 시체와 같은 몸이었으니, 몸속의 주인도 나에게 고마워하고 있을 것이오. 물론 지금은 성불하고 없지만, 내가 빼앗은 게 아니라, 합의 하에 몸을 내가 사용하다가 그가 안심하고 성불한 것이라오."

어깨를 으쓱이며 남자가 그리 말하는 가운데, 란시아가 한숨을 내쉬며 첨언을 하였다.

"저 남자는 300년 전 인물이야. 나한테만 가르쳐 준 이름이지만, 공유하자면 자신을 푸른 허무라고 불러 달라고 하던데?"

푸른 허무.

언뜻 이해가 가지 않는 이름이었다.

하지만 남자. 푸른 허무가 싱긋 웃으며 말을 이어 갔다.

"에리카가 나에게 지어준 이름이지요."

거기까지 들은 경식은 에리카가 했던 말과 지금 상황을 대조하여 상황파악을 끝냈다.

'아아…… 당신이 기척을 완전히 숨길 수 있는 영혼이로군.'

그러나 사내의 기고만장해진 꼬락서니가 보고 싶지 않았기에, 경식은 굳이 해당 사실을 입 밖으로 꺼내진 않았다.

다만,

'에리카도 영혼과 친하게 지냈었구나……'

라고 생각했을 뿐이다.

경식이 그렇게 생각하는 동안에도 이야기는 계속 이어졌다.

란시아의 말이 이어졌다.

"그리고 인정하기는 싫지만, 내가 가지고 다니는 대부분의 무구들의 본래 주인이기도 해."

란시아가 그리 말하며 검 손잡이 뿐인 자신의 애검을 들어올렸다. 물론 검신이 있는 부분은 힘을 불어넣으면 오러처럼 검이 솟아져 나오고, 그것을 쏘아서 폭발시킬 수도 있는 괜찮은 무구였다.

그리고 허무의 망토나 공기가 분사되는 부츠 등등.

그 모든 것들의 원래 주인이 푸른 허무 라고 말하는 것이었다.

그 말을 들은 푸른 허무는 진지한 웃음을 지으며 한쪽 무릎을 꿇었다.

그리고 란시아의 손을 들어올려, 손등에 입을 맞추었다.

"레이디가 원하신다면 드리겠습니다."

그 말에, 란시아가 싱긋 웃으며 말했다.

"원래 내 건데 왜 준다고 하지? 내가 이걸 던전에서 가져오느라 죽을 뻔했다고. 아니? 모르지?"

"하하! 그렇다면 그것은 이미 레이디의 것이겠지요."

"그러네."

"하하하. 저의 물품을 이리 아리따운 레이디께서 사용하고 계시다니 영광입니다."

"당연히 그러시겠지?"

"……"

어째 란시아와 죽이 상당히 잘 맞는다는 생각이 들고 있다.

란시아를 보며 싱긋 웃기만 하던 푸른 허무가, 다시금 경식을 짐짓 노려봤다.

"반면, 아리따운 레이디가 될 법한 소녀를 구하지 못한 것에 대해 너무나도 안타까운 마음입니다. 그것도 그 소녀의 오라비라는 사람 때문에 말이지요."

경식이 당황하여 외쳤다.

"그것은……"

"잘생긴 주제에 저에게 말대답하지 마시지요. 인정할 줄도 아는 것이 사내의 미덕입니다만."

"으으……"

할 말은 없었다.

하지만, 경식 역시 슈아와 함께 모의한 바가 있기 때문에 끝이라고 생각하진 않았다.

경식은 품 안을 뒤지다가, 상처치료를 위해 잠옷가운을 입고 있다는 것을 확인하고는 뜨억한 표정을 지었다.

"지금 저 실오라기 하나 걸치고 있었습니까?"

제이크가 당당하게 말했다.

"안정을 위해서였습니다!"

"옷을 주세요! 그곳에 중요한 것이 들어 있단 말입니다!"

"이거 말하는 거지?"

란시아가 싱긋 웃으며 동그란 미스릴 판을 건네었다.

경식은 안도의 한숨을 쉬며 그것을 받아 들었다.

"1차적으로 슈아를 미끼로 하여 그 녀석을 잡을 수 있었더라면 좋았겠지만, 실패할 때를 대비하여 이것을 만든 것이잖아요?"

미스릴 합판은 두 개였고, 하나는 경식이 갖고 있었다.

그리고 또 하나는 슈아가 갖고 있다.

두 합판은 서로를 끌어당기고, 위치를 가르쳐 준다.

마나를 불어넣어서 서로의 위치를 확인하는 아티팩트는 만들기도 쉽지만, 그만큼 들키기도 쉬웠다.

그래서 슈아는 소울 에너지에 서로 감응하는 미스릴 합판을 만드느라 일주일 밤낮을 고생한 것이다.

에리오르슈 가문의 비의를 깨닫고 있는 마법사.

이 세상에서 슈아만이 그것을 만들 수 있었다.

"저는 이것으로 슈아가 지금 있는 곳을 추적할 생각입니다."

그 말에, 푸른 허무가 콧방귀를 뀌었다.

"흥! 이젠 뭐라고 욕도 못 하겠군. 나의 레이디를 잘 찾아 주시오."

"너의 레이디가 아니라 내 동료거든요?"

어찌 되었건, 경식은 합판에 자신의 소울 에너지를 불어넣었다.

그러자 합판에서 보랏빛 줄기가 북쪽으로 뿜어져 나왔다.

"어머. 보라색 빛줄기잖아?"

소울 에너지를 볼 수 없는 란시아의 눈에도 그것이 보이는 모양이었다. 아마 마법적인 절차를 거치며 동력원은 소울에너지이지만, 그 결과물은 육안으로도 식별할 수 있는 레이저 식으로 뻗어지는 모양이다.

"이걸 따라가면 됩니다."

경식은 얼른 옷을 걸치고, 일행과 함께 빛줄기를 따라 뛰었다. 빛줄기는 일직선으로 이어지기 때문에 건물에 막히기도 하지만, 끊기는 법은 없었다. 그러니 건물을 이곳저곳 돌아가 다 보면 슈아가 지금 납치되어 있는 곳을 알 수 있을 터였다.

그렇게 일사불란한 발걸음으로 움직이던 모두의 몸이 멈춘 건,

눈앞에 거대한 벽이 버티고 있어서였다.

"……뭐지?"

경식은 얼떨떨한 표정으로 눈앞의 담장을 바라보았다.

그 담장은,

테르무그 공작령을 둘러싸고 있는 거대하고 높은 담장이었다.

슈아는 지금,

그 어디도 아닌, 처녀 납치범을 잡아 달라 요청했던 테르무그 공작령의 어딘가에 있었다.

                    *   *   *

"후우."

아란츠는 하늘을 바라보며 깊은 한숨을 내쉬었다.

"잘 되어야 할 텐데."

그의 머릿속은 그의 누이인 아리아의 생각뿐이었다.

벌써 다섯 번이나 번복된 혼담. 게다가 번복의 대상도 그때그때마다 달랐다. 도대체 어떤 이유에서인지는 모르지만, 혼례 때마다 불미스러운 일로 인해 상견례 때. 혹은 그 전날

파토가 나거나 어그러져 버렸다.

이번이 다섯 번째 상견례였다.

그리고 공작가의 상견례는 귀족들 중에서도 특별했다.

가문과 가문끼리의 가족들만의 조촐한 식사가 아니라 많은 사람들이 함께 와서 먹고 즐기는 그런 파티가 되어 버린다.

공작가에, 그리고 공작가와 사돈을 맺는 가문과 가까워지려는 이들이 하도 많은 것이 그 이유였다.

"처음 상견례만 해도 많이 왔었는데."

지금은 자리를 채우는 이가 많이 없었다. 벌써 다섯 번째 어그러진 혼담이다 보니 그러려니 하지만, 오빠 된 입장에서 상견례에 많은 이들이 참석하지 않은 것이 못내 마음이 아팠다.

"아니. 어쩌면 잘 된 걸지도……."

남들처럼 평범한 삶. 평범한 귀족가 여식의 삶을, 자신의 여동생이 살길 바랐다.

벌써 다섯 번째 이어지는 혼담. 사람들의 눈총. 저주를 받았다는 그 누명!

그런 것들에서 벗어나, 모든 이들이 축복하는 가운데 혼담이 오가고, 혼례를 치르게끔 해 주고 싶었다.

하지만 한편으로는…….

"축복 속이라."

모두가 축복해도, 자기 자신이 축복을 할 수 있을지 의문이다.

그 누구보다 축복을 해 줘야 마땅한 자신인데, 순수하게 축복해 줄 수 있을지. 그리고 그 축복을 아리아는 온전하게 받아들일 수 있을지도 의문이었다.

이번에 들어온 혼담은 변방 자작가의 차남이었다. 변방 자작가인 오르네오 자작령은 군사력은 높지만, 그 군사력을 높이려고 세금을 대폭 올려 영지민들을 수탈하기로 악명 높은 곳이었다.

게다가 그곳의 차남은 여색을 즐기고 망나니로 유명한 오르네오 듀란이다.

그는 마음이 복잡했다.

사실 그는 그런 곳에 자신의 어여쁜 동생을 시집보내기 싫었다.

"하지만 아버지께서 결정하신 일."

이유가 있으시겠지.

그는 어찌할 바 모르고 한숨을 푹 내쉬었다.

그에게 있어 아버지의 말은 황제가 내리는 황명과도 같았다. 아리아의 혼례상대를 들었을 당시 울컥하여 뭐라고 말을 하려 했지만, 아버지의 굳은 표정을 보고 단 한마디도 못

했었다.

이 상황에서 할 수 있는 것이라곤, 한숨을 내쉬는 것밖에 없었다.

"동생아. 넌…… 넌 왜 나를 좋아하는 것이냐."

씁쓸한 혼잣말에 당연히 대답은 없었다.

하지만 누군가가 그 말에 덧붙였다.

다름 아닌 자신의 무의식이 뱉어낸 한마디였다.

"그리고 왜 나의 친 혈육인 것이냐. 왜……."

저도 모르게 읊조린 아란츠는 입을 틀어막고 주변을 둘러 봤다. 다행히 아무도 없는 듯했다. 다행이었다.

그렇게 생각을 하고 있는데, 어디선가 발소리가 들려 왔다.

날카로운 눈매로 뒤를 돌아보자, 그곳엔 꽤나 흥미로운 자가 급하게 다가오고 있었다.

스미스와 그의 일행들이었다.

그가 그윽하게 웃으며 스미스를 보고 인사를 했다.

"오랜만입니다. 의뢰 건으로 바쁘신 줄 알았는데, 이렇게 찾아와 주셨군요. 고맙습니다."

뭔가 말을 하려던 스미스. 경식은 지금 약간 당황한 상태 였다.

"오늘 무슨 날인가요? 사람들이 왜 이렇게 많이……?"

"호오. 하긴, 모르시겠군요. 말씀드린 적이 없으니. 그렇다고 초대받지 못했다 생각하진 마십시오. 초대장을 한 달 전에 보내어 미처 드리지 못한 것뿐이니까요. 들어가시죠."

"아, 아니 그러니까 무슨⋯⋯?"

슈아에 관한 일로 테르무그의 가주와 아란츠에게 할 말이 있던 경식 일행은 당황하고 있었다.

그러거나 말거나, 아란츠는 여전히 마성이 가득한 미소를 머금었다.

"오늘 제 동생인 아리아와 오르네오 자작가의 둘째 아들인 오르네오 단츠의 상견례가 있는 날입니다."

"으음."

하필 이런 날에?

경식은 어떻게 말을 꺼내야 할지 난처해졌다.

"아니 그래도 우선 시급하니 제 말을 좀⋯⋯."

"아! 벌써 시간이 이렇게 되었군요. 여러분들과의 담화는 언제나 바라는 것이지만, 지금은 곤란할 것 같습니다. 괜찮으시다면 파티를 즐겨 주시고, 그 후에 말씀을 해 주실 수 있으실런지요?"

그 말에, 경식은 일행의 얼굴을 돌아보았다. 모두 다급하긴 하지만, 상황이 이렇게 되어 딱히 나설 거리가 없다는 표정이다. 즉, 경식과 같은 표정을 짓고 있다는 뜻이었다.

"그, 그럼 어쩔 수 없지요."

슈아가 걱정되긴 했지만, 진지하게 이야기를 해야 할 상대들이 상견례에 온 촉각을 곤두세우고 있으니 무슨 말을 할까?

우선 상견례가 끝날 때까지 싫어도 기다려야 하는 상황이었다.

*　　　*　　　*

경식 일행 모두가 상견례에 촉각을 세우고 있는 가운데, 양 가문의 사람들은 이런저런 담소를 나누고 있었다.

테르무그 공작가는 가주와 그의 아들인 아란츠가 앉아 있었다. 과연 란시아의 말대로, 공작부인은 이미 예전에 죽었는지 당연히도 공석이었다.

오르네오 자작 쪽에는 오르네오 자작과 장남. 그리고 새신랑이 될 차남 오르네오 듀란이 앉아 있었다.

그런 와중에, 아란츠가 와인을 들어 듀란의 잔을 채워주며 말했다.

"내 동생을 잘 부탁하네."

그 말에, 듀란이 익살스럽게 웃으며 고개를 끄덕였다.

"이번엔 진심을 다하고 싶습니다!"

그럼 지금까지는 진심을 다 한 적이 없다는 뜻을 내포하고 있었다.

"……그래. 잘 부탁하네."

아란츠의 얼굴이 더욱 굳어졌다. 뭔가 속으로 화를 삭이는 기색이다.

그런 걸 아는지 모르는지, 듀란은 뭔가를 찾아 헤매듯 주변을 둘러보며 말했다.

"그런데, 저의 신부는 어디에 있습니까? 부디 예뻤으면…… 힉!"

듀란은 말을 하다 말고 옆구리를 비비며 겸연쩍게 웃었다. 옆에서 그 말을 듣고 있던, 그의 형 오르네오 러스가 옆구리를 찔렀기 때문이다.

하지만 이곳의 모두가 바보는 아닌지라, 듀란이 하려 했던 끝말을 예측하고 있었다.

분위기가 더욱 어두워진다.

식사를 하던 테르무그 공작이 나이프를 내려놓고 흰 천으로 입을 닦으며 점잖게 말했다.

"늦게 일어났다고 들었습니다. 아직 준비 중인 모양이군요. 귀빈들을 기다리게 해서 아비 된 입장으로 면목이 없습니다."

공작이 그리 말하자 오르네오 자작이 급살 맞은 개구리처럼 펄쩍 뛰며 손사래를 쳤다.

그 모습이 경박하기 그지없었다.

"아, 아닙니다. 당연히 기다려야지요! 하하! 심려치 마십시오. 전혀 기다린다는 생각을 하고 있지 않, 않습니다."

그는 극히 굽실거리기 이를 데가 없었다. 그리고 테르무그 공작은 그런 그의 저자세를 당연하다는 듯 받아들인다. 애초에 이런 반응을 원해서 운을 뗀 것이기도 하고 말이다.

'그나저나 늦는군.'

테르무그 공작은 오지 않는 자신의 딸. 아리아를 떠올리며 속으로 한숨을 내쉬었다.

공작은 딸을 미워하는 게 아니었다. 그 역시 변방 귀족에게 아리아를 시집보내는 것을 달갑지 않게 여겼고, 그렇게 하고 싶지도 않았다.

하지만 이미 다섯 번째. 수도 내에서 명망 높은 귀족의 자재를 사윗감으로 구하기에는 힘든 감이 있었다.

'어찌 이런 일이 벌어지는가.'

우연 치고는 너무 기묘했다. 하지만 누군가가 고의로 이런 일을 벌일 것 같지도 않았다. 그런 일을 함으로써 이득을 보는 사람이 없으니, 누군가를 의심할 수도, 의심이 가도 추궁을 할 방법도 없는 것이다.

물론 이득을 보는 자가 아주 없지는 않다.

자신의 딸이다.

'아리아……'

공작은 다시금 한숨을 푹 내쉬었다. 물론 딸을 의심하고 있지는 않았다. 그럴 수 있는 능력이 없기 때문이다.

물론 그리하려는 의도와 사유는 충분하고도 남음이 있었지만 말이다.

그래, 딸은 결혼을 하려 하지 않는다.

아니, 결혼은 너무나도 하고 싶어 한다.

차라리 평민의 자재를 사랑했더라면 오히려 속이 편했을 것이다. 그녀가 사랑하는 건 평민도 아니요, 귀족 중에서도 고위급 귀족이며, 장래가 그 누구보다 촉망받는 건실한 청년이었다.

바로 자신의 아들, 테르무그 아란츠.

그녀의 오라버니 말이다.

'못난 것.'

그 때문에 이럴 수밖에 없었다. 어릴 때는 그저 치기어린 생각으로 웃어 넘겼지만, 점점 갈수록 깊어져 가는 딸의 마음은 이미 손쓰기엔 너무 멀리 가 있었다.

'이런 아비의 마음도 모르고 나를 원망하겠지. 하지만 어쩔 수 없다.'

동생이 오빠를 사랑의 대상으로 보고 있다.

이 사실이 바깥으로 퍼져 나간다면 가문의 명예 실추는 물론이고 그 이상의 파급력을 가질 것이다.

가뜩이나 비틀어진 황제를 견제하는 가장 큰 세력으로써, 이런 사실이 밝혀지면 지금의 황제가 자신의 가문을 어떻게 엮을지 불을 보듯 뻔했다.

'하필 이 일촉즉발의 시기에……'

시간도 없었고, 말릴 여력도 없다. 그저 멀리 떠나보는 수밖에 없다.

'이런 나를 원망하지 말거라. 다 시간이 지나면 이해할 일.'

그는 고지식한 면이 있었다. 그래서 자식들에게도 차갑고 무섭게 대해 왔다. 하지만 속으로는 그 역시 영락없는 아버지였다.

이 상황에서 가장 가슴이 아픈 것은 다름 아닌 테르무그 공작이라는 것을 그의 딸 아리아가 알아줬으면 하는 마음뿐이었다.

한편. 경식은 상견례를 하며 작게나마 새어 나오는 소리를 듣고 있었다. 시야가 트여있지 않아, 직접 가서 상황을 살핀 구미호가 경식에게 설명해 주었다.

[되게 표정들이 심각해. 상견례가 아니라 무슨 싸우러 온 사람들 같아.]

'끄응. 좋을 리가 별로 없지.'

[하긴. 우린 상황 대충 아니까. 그지?]

'그러게나 말이야. 그나저나 왜 그녀가 안 오는 거지?'

경식 역시 늦어지는 주인공의 등장에 궁금하고 있을 때였다.

갑자기 머릿속을 콕콕 찌르는 듯한 느낌이 들어 자리에서 벌떡 일어났다.

"감옥의 주인도 느끼셨군."

푸른 허무 역시 굳은 얼굴로 주변을 둘러보고 있었다.

그렇다.

문제의 영혼. 검은 진주의 기운이었다.

"......!"

경식은 눈에 힘을 빡 주고 주변을 둘러봤다. 검은 진주가 근처에 있고, 이 정도 기운을 방사한다면 분명 어떤 짓을 하려는 것이다.

"저쪽이오!"

그때 푸른 허무가 손으로 허공을 가리켰다.

허공에는 짙은 그림자 형태의 검은 진주가 어디론가 날아가고 있었다.

날아가는 방향은 상견례가 진행되고 있는 그들의 식탁이었다.

"저, 저!"

경식은 깜짝 놀라서 달려가려 했지만 그런 그를 푸른 허무가 막았다.

"가서 뭐라고 할 것이오?"

"그건······."

할 말이 없었다. 어차피 저들에겐 보이지도 않을 영혼을 잡겠다고 상견례 장으로 달려든다는 느낌밖에 주지 않을 것이다.

하지만 나서지 않자니, 상견례 장으로 날아간 검은 진주가 무슨 짓을 할지 누구도 알지 못하는 상황이었다.

고민은 오래 지속되고 다가가는 영혼의 속도는 빨랐다.

이미 상견례 장으로 날아간 검은 진주가 누군가의 몸속으로 빨려 들 듯 들어갔다.

바로 오르네오 자작이었다.

"크흡!"

쾅!

순간 오르네오 자작이 눈을 부릅뜨더니, 탁자를 후려치며 벌떡 일어났다. 모두가 놀라서 반응을 못했다.

그는 나이프를 들고 식탁 위로 기듯이 올라가 찍듯이 휘둘렀다.

나이프 끝은 테르무그 공작의 가슴을 정확히 노리고 있었다.

"……."

테르무그 공작은 무표정한 얼굴로 그것을 보고만 있었다.

움직인 것은 그의 아들 아란츠였다.

쾅!

오르네오 자작은 우당탕 소리를 내며 의자를 부숴먹고 바닥을 굴렀다.

싱겁게 상황이 종료되었다.

그렇게 생각했다.

하지만 일어설 리 없는 오르네오 자작이 벌떡 일어나더니 다시금 공작에게로 달려드는 것이었다.

아란츠가 굳은 얼굴로 그런 그를 붙잡고 윽박질렀다.

"지금 이게 무슨 짓입니까!"

"크아아아아아!"

오르네오 공작은 핏발이 가득 선 눈으로 테르무그 공작을 바라볼 뿐이다.

테르무그 공작은 애써 내색하지 않고는 있지만, 크게 당황하고 있었다.

물론 이 상황에서 가장 당황한 것은 자작의 두 아들들이었다.

"아, 아버지 대체 이게 무슨 짓입니까?"

"이, 이게 도대체 무슨! 어, 어, 어째서!"

듀란이 자작의 몸을 붙잡자, 아란츠가 한숨을 내쉬며 자작을 놓아주었다. 오르네오 자작 역시 진정이 되는지 거친 숨을 몰아쉰다.

"도대체 이게 어찌 된 일인가."

테르무그 공작이 차가운 어조로 오르네오 자작에게 직접 물었다.

오르네오 자작은 거친 숨을 몰아쉬더니, 아란츠가 멀리 있는 것을 확인하곤 씩 웃으며 대답했다.

"그것은……!"

오르네오 자작이 뭐라고 대답하려는 때에, 깜짝 놀란 여인의 목소리가 들려 왔다.

"꺄아아아아악!"

바로 이 상견례의 주인공인 테르무그 아리아였다.

"아, 아버지. 이게 무슨…… 일이죠? 이게 대체……?"

아리아가 놀란 듯 물으며 달려왔다.

테르무그 공작은 달려오는 아리아를 바라보며 표정이 착잡해졌다.

그리고 그때였다.

"저런 비천하고 걸레 같은 계집에게 내 금쪽같은 아들을 줄 수 없어서다아아아아!"

오르네오 자작이 들고 있던 나이프를 달려오는 아리아에게로 던졌다.

영지민을 수탈하는 데에만 도가 튼 살찐 돼지에 불과한 오르네오 자작이 던진 것이라기엔, 너무나도 빠른 속도로 나이프가 아리아에게로 날아가고 있었다.

아리아가 그걸 보고 소리쳤다.

"꺄아아아아악!"

턱!

하지만 그 나이프는 그녀의 몸에 닿지 않았다. 중간에 그것을 잡은 사람이 있었기 때문이다.

경식이다.

"흐음."

경식은 자신이 쥔 나이프를 흔들어 보였다.

아리아는 혼란을 이기지 못하고 털썩 주저앉았다.

혼절했다.

"……!"

그것을 본 아란츠의 이마에 핏대가 서며 순간적으로 검이 뽑혔다.

그리고.

서걱!

퉁그르르—

치이이이이익!

몸에서 분리된 오르네오 자작의 머리가 바닥을 굴렀고, 절단면에선 피가 분수처럼 뿜어져 나와 주변에 피 안개를 만들었다.

"꺄아아아악!"

그것을 모두 지켜보고 있던 많은 귀족들이 비명을 지르며 자리에서 일어나 출구 쪽으로 도망쳤다.

그것을 바라보는 테르무그 공작의 얼굴이 흙빛으로 물들었다.

그리고 그것은 경식 역시 마찬가지.

경식은 혼절해 있는 아리아를 바라보며 착잡한 표정이 되었다.

'이 사람. 혼절한 척을 하고 있어.'

아무래도 그의 예상이 맞아 떨어지고 있는 모양이었다.

Chapter 5
아리아의 정체

"공작님! 억울합니다. 억울합니다! 저희가 어찌 공작님과 따님을 해할 생각을 하겠습니까? 오해입니다. 오해예요! 아, 아버지가 왜…… 왜 도대체…… 크흑!"

"저와는 관계가 없는 일입니다! 공작…… 아니! 아니, 장인 어른! 다른 사람은 몰라도 저랑은 정말 무관한 일입니다!"

"너 이 새끼! 그게 할 말이더냐!"

"사실 까놓고 말해서 형이 아빠랑 어떻게 했던 거 아니야? 억울해요! 으아아아악!"

이 상황에서 가장 억울한 사람이 있다면 다름 아닌 오르네오 자작의 두 아들. 특히나 듀란일 것이다.

그들은 공작에게 억울함을 호소했지만, 공작은 차가운 표정으로 그들을 지하 감옥에 가두었다.

그들을 직접 가두고 온 아란츠가 굳은 얼굴로 공작에게 다가와 고개를 푹 숙였다.

"그들을 감옥에 구금하고 오는 길입니다."

"……."

공작의 눈썹이 꿈틀거렸다.

쫘악!

아란츠의 고개가 거칠게 꺾였다.

옆에서 그것을 지켜보고 있던 아리아가 눈을 부릅뜨고 외쳤다.

"아버지!"

공작은 그런 아리아의 말을 무시하고 아란츠를 노려보고만 있었다. 아란츠 역시 면목이 없다는 듯 얼굴을 굳히고 다시금 고개를 푹 숙였다.

"죄송합니다."

"왜 그를 베었느냐."

"……."

"왜 베었냐고 물었다!"

아란츠가 듀란을 벤 덕분에, 다섯 번째 상견례가 수포로 돌아갔다. 그 전까지는 어떻게든 공작가의 평판을 지키는 선에서 해결할 수가 있었다.

하지만 아란츠가 듀란의 목을 벤 순간, 공작가는 가장 악수를 둔 것이다.

상견례 장에서 다섯 번째 해프닝이 벌어졌다.

심지어 다섯 번째 가문의 신랑 후보도 아닌, 신랑 아버지의 목이 달아났다.

그것도 결혼이 성사되었더라면 사돈이 되었을 아란츠의 손에 말이다.

이것은 공작가의 평판은 물론이고, 장차 공작가를 이끌어 나가야 할 아란츠의 평판까지도 안 좋아지는 처사였다.

도망치듯 돌아간 귀족들로 인해, 이 소문은 벌써 수도를 떠들썩하게 뒤흔들고 있을 터였다.

황제의 귀에까지 들어갔겠지.

그리고 황제는 공작가를 밟을 명분을 얻어 좋아할 것이다.

자작 이상은 황제가 내려 주는 직책이며, 그러니 자작을 해임할 수 있는 것은 오롯이 황제. 그리고 죽일 수 있는 것 역시 황제이다.

하지만 어찌되었건 공작가는 자작을 죽였다.

월권.

해석하기에 따라서는 역모라고 몰아붙여도 할 말이 없는 상황이 되어 버린 것이다.

공작은 지끈거리는 이마를 짚으며 다시 말했다.

"왜 그를 죽였냐고 물었다!"

"……."

아란츠는 한숨을 푹 내쉬며, 면목 없다는 듯 말했다.

"누이를 욕하고, 그것도 모자라 죽이려고 한 작자라…… 순간 충동을 참지 못했습니다."

"오, 오라버니……."

뚝. 뚝뚝.

그것을 들은 아리아가 뜨거운 눈물을 뚝뚝 떨어뜨렸다. 그녀는 혼절에서 깨어난 지 얼마 되지 않아 힘이 없는지 손발을 덜덜 떨었다.

하지만 그럼에도 불구하고 이를 악물며 바락바락 소리쳤다.

"결국 이렇게 되었어요. 이렇게 되었다고요! 무리하게 저를 시집보내려 하시니까! 제 저주가 이렇게까지 되었다고요!"

"그만!"

"그만 못 해요. 그만 못한다고요! 이게 다 당신 때문이야 아아아!"

피눈물이라도 흘릴 듯 소리치며 테르무그 공작을 가리키는 아리아.

경식은 그런 아리아를 착잡한 시선으로 바라보고 있었다.

그리고 그것은 옆에 있던 구미호 역시 마찬가지였다.

[계집애. 연기 장난 아니넹]

'그러게 말이야.'

경식은 속으로 한숨을 내쉬며, 참아왔던 말을 하려고 헛기침을 했다.

"으흠흠. 흠……."

경식을 너무 기다리게 했다는 걸 알아챈 아란츠가 한숨을 내쉬며 말했다.

"미안합니다, 스미스님. 보시다시피 지금은 당신의 말을 들을 상황이 아닌 것 같습니다."

그 말에, 경식은 고개를 저었다.

"지금이야말로 해야 하는 때라고 생각되는데요. 저희에게 주신 의뢰가……."

그의 말을 테르무그 공작이 막았다.

"의뢰라면 잊게. 지금 시국이 말이 아니야. 보상금은 두둑하게 줄 테니 그만 돌아가는 것이 좋겠네."

하지만 경식은 그 말에도 고개를 저었다.

"안 됩니다. 맡은 일을 끝내야지요. 처녀들이 사라진 곳을 알아냈는데 말입니다."

"지금 내 가문에게 닥친 꼴을 보고도 그런 말을 하는 것인가? 나를 조롱하는 것이야?"

아란츠가 한숨을 내쉬며 말했다.

"아리아의 목숨을 구해 주신 것 정말 감사합니다. 하지만 스미스님. 지금은 때가 때인 만큼……."

"가문에 위기가 닥쳤으니, 수십 명의 처녀들은 어찌 되어도 좋다 이 말입니까 지금?"

"……."

"당신 좋은 사람인 줄 알았는데요."

아란츠가 자신의 아버지인 테르무그 공작을 힐끗 바라보며 말을 이어 갔다.

"……저도 마음이 아픕니다만, 가문이 우선입니다."

경식의 얼굴이 굳어졌다.

"제 동생인 슈아 역시 미끼 역할을 하다가 잡혀갔다고 말씀드려도 그런 말씀을 하실 겁니까?"

그 말에 아란츠의 눈동자가 크게 흔들렸다.

하지만 대답은 마찬가지였다.

"……찾으시길 바라겠습니다. 공작가의 지원은 죄송하지만……."

"하아!"

경식은 아란츠가 처음으로 한심하게 보였다. 등 뒤에 테르무그 공작이 그런 아란츠를 굳은 얼굴로 바라보고 있었다.

그 굳은 얼굴에는 묘한 안도감과 고양감이 들어 있었다.

마치 기특하다는 듯 말이다.

경식은 기분이 나빠졌다.

그리고 몸을 돌려 걸어갔다.

"오늘 있었던 상견례 사건과 관련이 있다고 말씀드려도 그런 말씀들 하실 겁니까?"

"……!"

그 말에 테르무그 공작이 눈을 부릅뜨며 경식을 바라봤다.

"그 말이 무슨 말인가?"

"말 그대로의 의미입니다."

"계속 말해 보게."

"싫은데요."

"……자네. 정말 이곳에서 죽고 싶은 것인가."

'크윽!'

공작은 말하는 도중에도 경식에게 살기를 쏟아 내고 있었다.

과연. 소드 마스터의 힘이었다.

그리고 경식이 그 기운에 맞서고, 슬슬 옆에서 보고 있던 제이크의 참을성이 한계에 도달할 때 즈음, 아란츠가 둘 사이를 가로막았다.

"아버지. 저에게 기회를 주십시오."

"……"

테르무그의 살기가 걷혔다.

경식은 안도의 한숨을 속으로 내쉬며 아란츠를 바라봤다.

아란츠가 한쪽 무릎을 꿇었다.

"오라버니! 어찌 저런 천한 것에게!"

"가만히 있거라."

[그래 넌 좀 가만히 있어! 나댈 데 안 나댈 데 가려서 나대 란 말이야!]

구미호가 기분 나쁘다는 듯 성을 내는 사이, 경식은 아란 츠를 바라봤다.

아란츠는 참회가 가득 담긴 눈초리로 경식을 바라보며 이 야기를 꺼냈다.

"죄송합니다. 이야기를 들려주십시오."

"⋯⋯."

경식은 한참을 아란츠를 바라보다가 입을 열었다.

"그간 납치당한 처녀들은, 다름 아닌 공작령에 있습니다."

"⋯⋯!"

모두의 눈이 부릅떠졌다.

무겁던 공기가 아예 땅으로 가라앉아 버렸다.

＊　　＊　　＊

그 말에 아리아가 피식 웃었다.

"웃기지도 않는구나. 대체 그대들은 누구기에 이 소란 통에 다른 이야기를 꺼내는가?"

아리아의 말에 경식은 표정변화 하나 없이 그녀를 바라볼 뿐이었다.

"글쎄요. 저희가 이 소란 통에 있는 이유가 무엇일까요?"

"내가 물어보았다."

"물어보긴 하셨지만 대답을 아시는 분이기에 다시 묻는 겁니다."

"……?"

"도대체 왜 이 소란 통에 저는 제 동생을 잃고, 이곳에서 무엇을 하고 있을까요?"

도대체 무슨 소리인지 알 수가 없다.

알 필요도 없었다.

경식은 해답 대신 품 안에서 금속 판 하나를 꺼내었다.

그것은 미스릴로 된, 온갖 도형들이 그려져 있는 강판이었다.

"이것이 무엇인지 아실 겁니다. 설명을 드리진 않았지만, 대충은 아시겠죠. 공작가에서 빌린 미스릴로 만들어진 것이니까요."

경식은 미스릴 판을 들어 올리며 이야기를 계속했다.

"이것은 납치된 슈아가 10일에 걸쳐 만들어 낸 금속판입니다. 만들 당시 두 개로 짜여 있었으며, 지금은 하나가 없지요. 나머지 하나는 지금 납치되어 있는 슈아가 가지고 있습니다. 그리고 힘을 불어넣으면 서로를 잇는 빛이 쏘아져 나옵니다."

"그래서, 자네가 가지고 있는 강판이 내 저택을 가리키고 있었다 이 말인가?"

테르무그 공작의 말에 경식이 무겁게 고개를 끄덕였다.

"그렇습니다. 처녀 납치범이 슈아까지 납치한 것이 맞는다면. 그리고 처녀들이 아직 죽지 않고 살아 있다는 희망적인 상황을 전제로 한다면, 지금 슈아와 다른 처녀들은 공작저택 어딘가에 있다는 결론이 나옵니다."

그렇게 말한 경식이 테르무그 공작을 지그시 바라보았다. 테르무그 공작은 흔들림 없는 눈동자로 경식의 그런 눈빛을 마주했다.

"그렇다면 나를 의심하는 것인가?"

"아니라고 말씀드려도 납득하기 힘드시겠지만 그렇습니다. 저희 발로 이곳에 온 것이 그 증거이지요. 게다가 저희들은 공작님의 의뢰로 움직이고 있었으니, 공작님 역시 모르고 있던 일이라 믿는 것이 맞습니다."

"그리 말해 주니 고맙군. 하지만 상황은 전혀 나아지지 않

아. 나 역시 지금 이 상황이 이해가 가질 않는군. 그리고 사실 자네의 말만 듣고 판단하는 것도 웃기는 일이고 말이야."

"증거를 원하시는군요."

"당연한 것이라고 보아도 될 텐데?"

경식은 흔쾌히 고개를 끄덕였다.

"이제 직접 보시지요."

경식은 그 말을 하며 아리아를 바라봤다.

"……"

아리아의 표정이 눈에 띠게 가라앉았다. 눈동자는 형편없이 흔들렸고, 눈 밑은 파르르 떨리고 있었다.

거기에 확신이 선 경식이 미스릴 합판을 꽉 쥐었다.

"아까도 말씀드렸다시피 이 합판은 다른 합판의 위치를 쏘아내는 기능이 있습니다. 그리고 또 하나의 기능이 있는데, 그것은 이것을 만든 사람. 그러니까 슈아의 기운이 있는 곳을 쏘아냅니다. 슈아가 납치되어 금속판을 빼앗겼을 때를 대비한 장치입니다."

거기까지 말한 경식이 자신의 팔 쪽으로 소울 에너지를 몰아넣었다. 그러자 소울 에너지가 충만한 경식의 손에 감응한 미스릴 합판이, 그의 기운을 빨아들여 정해진 마법진의 기능을 수행하고 쏘아 냈다.

촤악!

보라색의 빛줄기가 미스릴 합판에서 쏘아져 나갔다. 그 빛줄기는 저택 안에서도 여전히 북쪽을 가리키고 있었다.

"……."

그것을 본 모두의 표정이 얼음장처럼 굳었다. 특히 아리아의 얼굴은 새파랗게 질리고 있었다.

미스릴 합판에선 두 줄기의 빛이 뿜어져 나왔다.

한 줄기는 북쪽을 가리켰고, 또 한 줄기는 다른 쪽을 가리켰다.

바로 아리아의 왼쪽 가슴을 향하고 있었다.

"역시."

경식이 아리아에게 물었다.

"왼쪽 가슴에 무엇을 숨기고 있습니까? 혹시 미스릴 강판 아닙니까?"

"이, 이게 무슨……."

아리아가 화들짝 놀라 뒤로 물러났다. 경식은 테르무그 남작과 아란츠에게 말했다.

"확인 좀 해 주십시오. 품 안의 것이 미스릴 강판인지, 미스릴 강판이라면 왜 가지고 있는지 말입니다!"

아란츠가 믿기 힘들다는 표정으로 아리아를 바라봤다.

"아리아. 이게 무슨 말이니? 품 안에 있는 것을 보자. 뭔가 오해가 있는 것 같구나."

"오, 오빠……."

"품 안의 것을 보여라. 그래야 아무 일이 없을 것이다."

"아, 아버지……."

테르무그 공작까지 그리 다그치자, 아리아는 뒷걸음질 치며 아무런 말도 하지 못했다.

"어서!"

테르무그 공작이 뿜어낸 무형의 기운이 아리아의 온몸을 옥죄어 왔다.

"힉!"

아리아가 몸을 벌벌 떨며 주저앉았다. 아란츠가 그런 아리아에게로 빠르게 다가갔다.

"오지 마. 오, 오빠……."

"오해이지? 오해이지 않느냐?"

아란츠가 눈을 꾹 감고 그녀의 품에 손을 집어넣었다. 그리고 손을 빼낸 순간,

그의 손과 함께 딸려 나온 것은 경식의 것과 똑같이 생긴 미스릴 강판이었다.

"이게 왜 당신에게 있습니까?"

"나, 나는……."

경식의 말에, 아리아가 파르르 떨더니 눈을 질끈 감았다.

단지 눈을 감았다가 서서히 뜬 것뿐이다.

하지만 아리아라는 사람의 속성이 '무'에서 '암흑'으로 바뀌어 요사스러운 기운이 뿜어져 나왔다.

목소리 역시 그녀의 것이 아니었다.

쇠와 쇠가 부딪치는 듯 거북한, 늙고 추한 남자의 목소리였다.

[낄낄낄낄. 꼬였군, 꼬였어. 막장에 너무 꼬여버렸구면.]

그러고는 경식을 똑바로 노려봤다.

경식은 순간 숨이 턱, 막혀 오는 것을 느꼈다. 시커먼 무언가가 그의 심령을 옭아매려는 듯한 기분이 들어, 소름이 끼쳤다.

[네놈이 새 감옥의 주인인 모양이군. 나를 막을 수 있을 성싶으냐?]

"……?"

"아리아. 너, 목소리가……?"

[멍청한 것들. 낄낄낄낄낄!]

아리아가 입을 쩍 벌린 채 웃어젖혔다. 입에서 나온 검은 기운이 토해지듯 뿜어져 나와 그녀의 온몸을 감싸고돌았다.

그리고 그것은 일전에 아란츠와 경식이 보았던 검은 영혼이었다.

옆에 있던 푸른 허무가 씹어뱉듯 말했다.

"검은 진주!"

[낄낄. 네놈이 거기에 있었구나. 어디 한번 나와⋯⋯.]

서걱!

공기가 베이는 소리가 소름 끼치게 들려 왔다.

검은 진주를 베어 넘긴 테르무그 공작이 눈살을 찌푸렸다.

"감각이 없군."

"아버지!"

"이미 저것은 아리아가 아니다. 느끼지 못하는 것이냐."

"⋯⋯."

아란츠 역시 뛰어난 검사이고, 몸에서 풍겨 나오는 마나를 느낄 수 있다. 지금 눈앞의 저것은 더 이상 아리아가 아니었다. 아리아의 육체 역시 없어졌다. 테르무그 공작은 그것을 확인하려고 검에 마나도 주입하지 않고 베어본 것이다.

"그럼 안심하고 공격할 수 있겠군요."

[크카카카카카! 딸을 베어 버리는 아버지라니!]

검은 진주는 그 말을 끝으로 뒤로 빠르게 물러났다. 아란츠가 황급하게 뒤쫓았지만, 검은 진주는 벽을 통과해 사라졌다. 창문을 열어 보니 이미 검은 진주의 검은 연기는 공기 중에 사라지고 더 이상 남아 있지 않았다.

*　　　*　　　*

"서둘러요!"

경식이 창문을 밟고 바깥으로 뛰었다. 그 뒤에는 테르무그 공작과 아란츠 역시 함께였다.

미스릴 강판이 뿜어내는 빛은 여전히 북쪽을 가리키고 있었다.

우뚝.

한참을 뛰던 경식이 서서 눈앞을 바라봤다.

그곳엔 천연의 동굴이 입을 쩍 벌리고 차가운 바람을 뿜어내고 있었고 두 기사가 그 입구를 지키고 있었다.

경식 일행을 뒤따라온 공작과 아란츠를 보고는 급히 고개를 숙였다.

"근무 중 이상 무!"

경식이 뒤돌아 공작을 바라보며 말했다.

"이곳은 무엇을 하는 곳입니까? 이곳으로 들어갔다고 나오는데요."

공작은 대답 대신 기사들에게로 다가갔다.

"이곳에 무엇이 들어갔는가? 그동안의 근무일지를 가져오게."

그러자 기사들이 무미건조하게 대답했다.

"근무 중 이상 무!"

"……?"

"근무 중 이상 무!"

두 기사들의 행색이 이상하다는 걸 깨달은 아란츠가 동굴 안으로 들어가려 하였다. 그러자 기사 중 한 명이 아란츠에게 검을 휘둘렀다.

"이게 무슨 짓인가!"

"근무 중 이상 무!"

푸른 허무가 한숨을 내쉬며 말했다.

"녀석에게 심령을 제압당한 것 같소이다."

"……그렇군."

촤악!

테르무그 공작이 한숨을 푹 내쉬며 검을 휘둘렀다.

두 기사의 목이 허공에 둥실 떠올랐다 굴러 떨어졌다.

경식이 눈을 부릅떴다.

"지금 이게 무슨 짓입니까?"

옆에서 보고만 있던 제이크가 이를 빠득 갈았다.

"자신에게 의와 충을 다하던 기사를 단칼에 베어 버리다니!"

제이크를 바라보며 공작이 싸늘하게 말했다.

"자네들도 곧 이렇게 될 걸세."

"아버지? 그게 무슨 말씀이십니까?"

"상황파악을 못하는 것이냐! 이곳이 어디인 줄 알지 않느냐?"

그 말과 함께 테르무그 공작이 제이크에게 검을 휘둘렀다.

검에는 짙은 마나 소드가 씌워져 있었다.

"흐음!"

소울이터가 없는 제이크는 거대한 손을 들어 그 검을 쥐었다. 팁! 하는 소리와 함께 검은 집혔지만, 그의 손에서도 피가 흘렀다.

서로의 눈을 마주 보는 대치상태.

테르무그 공작이 피식 웃으며 말했다.

"과연 한 가닥 하는 이였군. 권사인가?"

"흐으으음!"

제이크는 막무가내로 검을 휘두르는 테르무그 공작에게 적잖은 분노를 느끼고 있었다.

그것을 알아차린 경식이 소리쳤다.

"제이크! 뒤로 빠지세요!"

"하지만, 주인님!"

제이크는 그런 말을 하면서도 경식의 말을 듣고 뒤로 빠져 경식의 곁에 섰다.

─헐헐헐. 테르무그 가문도 이제 다 쇠했구먼. 이런 식으로 살인멸구를 하려 들다니 말이야.

경식이 왕년 노인의 말을 듣고 그대로 따라했다.

"하아. 테르무그 가문도 이제 다 쇠했군요. 이런 식으로 살인멸구를 하려 들다니 말입니다."

"……."

그 말에 검을 꽉 쥔 공작의 손이 느슨해졌다.

"의도치 않게 그렇게 되었군."

"아버지. 이들은 저희를 도운 자들입니다."

"그렇다고 해서 이 비밀을 알아도 될 자격이 있는 것은 아니다."

아란츠가 절박한 눈빛으로 테르무그 공작을 바라봤다.

"전 당신을 지금껏 존경해 왔습니다. 아버지이기 때문이 아닙니다. 전 당신을…… 존경합니다. 앞으로도 그러고 싶습니다. 부디……."

"……."

테르무그 공작이 쥔 검에서 힘이 스륵 풀렸다.

"후회하게 될 것이다."

"그럴 일 없도록…… 하겠습니다."

테르무그 공작이 인상을 찌푸리며 다시 검을 들었다.

"순순히 포박을 당하면, 상황이 안정될 때까지 감옥에 가둬지는 것으로 합의를 보는 것이 어떤가 다들."

그 말에, 란시아가 이를 악물었다.

"고용주, 이러기예요?"

"어쩔 수가 없지 않은가. 죽음을 면한 것을 다행으로 여기게."

현재 테르무그 공작령의 상황은 상당히 좋지 않다.

가뜩이나 황제의 눈 밖에 난 상황이었다. 아무리 불가피하다지만, 오직 황제만이 죽일 수 있는 자작을 죽였다.

이것만으로도 명분이 충분한 상황인데, 수도의 처녀들까지 납치해 감금했다는 소문이 나보라.

황실의 군대가 테르무그 공작령에 창을 겨누어도, 꼼짝없이 목을 내놓아야 하는 상황인 것이다.

'게다가 이 동굴 안에는……'

거기까지 생각한 테르무그 공작은, 다시금 살심을 불태우며 검을 꽉 쥐었다.

검에서 밝고 푸른 막이 형성되었다.

조금 전 마나 블레이드와는 비슷하면서도 차원이 다른 힘.

오러였다.

"자네들을 죽이면 후환은 없겠지. 하지만 아들의 원망을 평생 들을 것 같군. 그러니 제발 지금 저항해 주게. 내 아들의 눈치를 보지 않고 그대들을 죽일 수 있게 말이야."

그 말에 경식이 한숨을 내쉬며 마검에 얹어 놓았던 손을 풀었다.

"주인님!"

"지금으로선 승산이 없습니다. 상대는 소드 마스터라고 요."

그렇게 말하며 제이크에게 한쪽 눈을 찡긋해 보였다.

제이크가 그 눈짓을 확인하곤, 주먹을 꽉 쥔 손을 스르륵 풀었다.

제이크까지 손을 풀자, 란시아 역시 한숨을 내쉬며 들고 있던 검을 검 집에 집어넣었다.

"나는 도망칠 수 있으나, 레이디를 보호해야 하니 어쩔 수 없군."

푸른 허무 역시 검을 검집에 놓고 손을 풀었다.

"지금의 선택으로 자네들은 목숨을 건진 걸세."

테르무그 공작이 검에서 완전히 손을 풀었다.

＊　　　＊　　　＊

"끝까지 저희를 도와주셨는데, 이런 결과로 보답해 드려 정말 죄송합니다."

경식 일행을 모두 가둔 아란츠가 이를 악물며 고개를 푹 숙였다.

"모르셨겠지만, 그 동굴은 가문의 선조이신 테르무그 그란 츠께서 영면에 드신 곳입니다. 저희 가문의 사람들은 그곳을

신성시 여기고, 세상이 잊은 것을 그곳에 봉인…… '으음.'

거기까지 말하다가 아란츠는 입을 다물었다.

"굳이 그런 말을 해서 당신들을 위험에 빠뜨리진 않겠습니다."

듣고 있던 경식이 어이가 없어서 말했다.

"아니 이미 그곳에 뭔가 봉인되어 있다는 건 다 말해 놓고 무슨 착한 척입니까?"

"그, 그것은."

아란츠는 이 분위기가 버티기가 힘든지, 옅은 한숨을 내쉬며 밖으로 내보냈던 간수장을 불렀다.

"이들을 귀한 손님처럼 대하라. 실지로 귀한 손님이시다."

"네, 넵! 알겠습니다."

간수장 역시 안 그래도 제이크의 풍채와 그 살벌한 표정을 보고 괴롭히지 말아야겠다고 생각하는 중이었기에, 고개를 미친 듯이 끄덕였다.

그 모습을 보니 마음이 조금 놓였다.

"후우. 저렇게 가둬 놓을 사람들이 아닌데."

그들이 너무 많은 것을 알았지만, 설득을 하고 양해를 구하면 입을 닫아 줄 것이 분명했다.

'우선 아버지부터 설득해 봐야겠군.'

아버지는 훌륭하신 분이지만, 앞뒤가 꽉 막힌 분이기도 했다. 이럴 땐 정말 답답하다 못해 안타까웠다.

"마나구속은 잘 해 뒀느냐."

다가오는 아란츠를 바라보며 테르무그 공작이 한 첫마디였다.

"예. 마나 구속구는 모두 채워 두었습니다. 하지만 이렇게까지 해야 했는지요."

"그들은 너무 많은 것을 알고 있다."

"그들을 설득하면……."

"너는 사람을 너무 믿는구나. 좋지 않은 습관이다."

"……."

아란츠가 이를 악물고 가만히 있자 테르무그 공작은 한숨을 푹 내쉬었다.

"너의 동생 역시 믿고 있느냐."

"그것은……."

"나는 믿지 않는다."

"아리아를 어떻게 하실…… 생각이십니까?"

"……."

이번엔 테르무그 공작이 말이 없어질 차례였다.

그는 한참을 침묵했다. 그 사이 공작령 직속 기사단인 불멸의 기사단이 대열을 갖추고 다가와 예를 취했다.

공작이 말없이 검을 들었다.

"말은 필요 없다. 행동으로 보거라."

공작이 앞장서 걸어갔다.

아란츠는 그 모습을 보며 이를 악물었다.

'난 당신이 무섭습니다.'

아란츠 역시 공작의 뒤를 따랐고, 불멸의 기사단이 그 둘을 뒤따랐다. 이윽고 그들은 공작가 내의 동굴에 도착했다.

테르무그 공작이 명령을 내렸다.

"대지의 조는 들어가서 아리아를 끌고 와라. 상처가 없도록."

충!

대지의 조가 가볍게 묵념을 한 후 동굴 안으로 들어갔다.

엘리트인 불멸의 기사단 중, 하위 10명이 대지의 조였다.

"대답이 되었느냐?"

공작이 아란츠를 바라보며 말을 이어 갔다.

"나 역시 그 녀석을 사랑하는, 그 녀석의 아버지이다. 되도록 피를 보고 싶지 않다. 가족의 피라면 더더욱 말이다."

"아버지……."

아란츠는 테르무그 공작과 함께 아리아가 잡혀 나오길 기다렸다. 아리아가 나오면 이것저것 추궁을 해볼 생각이었다.

그런데, 30분이 지나도 결과가 보고되지 않았다.

동굴 안쪽이 꽤나 깊다고는 하지만, 정예 중의 정예인 불멸 기사단의 일원이라면 10분도 되지 않아 주파해야 마땅한 거리이다.

기다리던 테르무그 공작의 표정이 무거워졌다. 아무리 대지의 조가 불멸의 기사단 중 최하위 10명이라지만, 그들 역시 정예 중의 정예다. 이렇게 늦을 리가 없는 것이다.

"바람의 조는 지금 즉시 들어가 대지의 조와 합류하라. 아리아가 반항을 한다면 공격해도 좋다. 다만 살려서 데려오라."

충!

그 말을 들은 바람의 조가 재차 투입되었다. 그들은 대지의 조보다 한 단계 높은 상급 검사들이 모인 집단이다. 그들이 투입된다면, 틀림없이 아리아를 데려올 수 있을 터였다.

하지만 그것 역시 테르무그 공작의 바람일 뿐, 그들 역시 30분이 지난 지금까지 아무 소식도 전하지 못하고 있었다.

"아버지. 뭔가 잘못되어 가고 있습니다."

"……그런 것 같구나."

그는 그의 기사단을 너무 믿었다. 그도 그럴 것이, 웬만한 경우엔 대지의 조만 투입되어도 일은 곧잘 해결되었기 때문이다.

하지만 이번엔 바람의 조까지 투입되었음에도 불구하고 그들이 나오지 못하고 있었다. 게다가 위험하면 몇 명은 뒤로 빠져서 상황보고를 해야 함에도 불구하고, 아무 소식도 없다.

그의 훈련 방식은 훌륭하다. 그의 훈육을 받은 기사들은 훌륭하다. 그럼에도 이런 일이 있으니, 무언가 잘못 되어도 크게 잘못된 것이다.

"하늘의 조는 동굴로 들어가라. 아리아가 반항을 한다면…… 죽여도 좋다."

"……아버지. 그것은……."

"나 역시 함께 들어갈 것이다. 너는, 어쩌겠느냐?"

마지막 말은 아란츠에게 건넨 말이었다.

"당연히 함께 가겠습니다. 그리고 오해를 풀 것입니다."

"나도 그렇게 되었으면 좋겠지만 말이다."

테르무그 공작은 큰 한숨과 함께 동굴로 발걸음을 옮겼다. 그리고 그 뒤를 하늘의 조가 뒤따랐다.

'제발 아무 일 없기를.'

그런 뻔하디뻔한 생각을 했지만, 그의 바람이 무너지는 것은 너무 당연한 결과라는 걸 아란츠 본인도 잘 알고 있었다.

동굴 안은 2미터마다 마법 랜턴이 밝게 비추고 있어야 정상이었다. 공작가문에게 이곳은 상징적으로나, 실질적으로나, 상당히 중요한 장소였기 때문이다.

그런데 조금 깊이 들어가자 불빛이 모두 꺼져 있었다. 안쪽은 암흑뿐이다.

"모두들 마나 블레이드를 사용하라."

그 말이 끝나자마자, 기다렸다는 듯 수십 자루의 검이 공명음을 토해 냈다.

위웅!

여기저기서 푸른색의 오러가 번쩍이며 주변이 대낮처럼 밝아졌다.

시야가 트이며 처음으로 보인 것은, 잘려 나간 기사의 팔이었다.

"……!"

근육질의 팔은 자신이 들고 있었을 방패에 눌려 간헐적으로 피를 흘리고 있었다.

"전부 전투태세를 취하라!"

모두가 전투태세를 취하고, 발걸음이 더욱 기민해졌다. 테르무그 공작은 전열에서 앞장을 서 걸어가며 주변을 살폈다.

주변엔 떨어져 나간 팔과 다리가 여기저기 널브러져 있었다. 날아간 얼굴도 있었다. 주변은 화가가 빨간 물감으로 미친 듯이 붓질을 한 것처럼 피가 튀어 있었다.

살풍경했다.

"……."

모두들 자세는 흐트러지지 않았지만, 충분히 동요하고 있었다. 그리고 그것은 아란츠 역시 마찬가지였다.

아란츠는 쓰러진 시체의 면면을 살폈다. 그리고 알 수 있었다.

대지의 조가 전멸했다는 사실을 말이다.

"아버지⋯⋯."

"알고 있다. 더욱 들어가 보자꾸나."

"⋯⋯."

공작은 조금도 동요하지 않고 앞으로 걸어갔다. 모든 이들 역시 그런 공작을 따라 걸어갔다.

점점 시야가 뿌옇게 변했다.

검은 매연이 주변을 가득 메웠다.

한 치 앞도 보기 힘든 상황이 왔다.

짜증이 솟구쳤다.

내가 왜 이런 곳에서 공포에 떨어야 하지?

걸음을 옮기던 하늘의 조원 중 누군가의 생각이었다.

그가 들고 있던 검에서 뿜어져 나오는 푸른 마나 블레이드의 색깔이 적색으로 바뀌어 갔다.

옆에 있던 조원의 눈빛이 일렁거렸다.

"마나블레이드 색깔이 왜 이래?"

조심스레 말했기 때문일까? 상당히 거슬리게 들린다. 마치 금기를 이야기하듯 말이다.

평소에 자신을 챙겨 주던 선배 기사였다.

그런데 지금은 챙겨 주는 게 아니라 참견하는 것처럼 들린다.

"무슨 상관이야?"

"뭐?"

"지금 이 시기에 누가 잡담을 하는가."

무거운 목소리에 모두가 숨을 죽였다. 테르무그 공작의 목소리였기 때문이다.

존경스러운 분.

죽으라면 웃으면서 죽어드릴 수 있는 분.

그런데 왠지 이번에는 분노가 차올랐다. 말 몇 마디 한 게 뭐 그리 잘못한 짓이라고. 저렇게 신경질을 낼 것까지는 없지 않은가?

그런 생각을 하는 사이, 하늘의 조원 중 반수 이상의 마나 블레이드가 검게 물들고 있었다.

그리고 사단이 일어났다.

팍!

부악!

치이이익!

누군가가 신경질적으로 휘두른 검에 옆 기사의 팔이 날아갔다. 팔이 날아간 기사의 검에, 처음 검을 휘두르던 기사의 목만이 아니라 뒤에 있던 관계없는 기사의 배까지 뚫려버렸다. 그리고 뚫린 배를 부여잡은 기사가 휘두른 검에 3명이 검상을 입었다.

3명 역시 가세해 주변을 마구잡이로 도륙했다.

그 검은 아란츠와 테르무그라고 해서 벗어날 수 있는 것이 아니었다.

날카로운 검세가 그들에게도 폭풍처럼 쏟아졌다.

"무엇들 하는가!"

"명령하지 마!"

빠각!

방금 전. 명령하지 마라고 검을 휘두르던 기사의 몸이 반으로 쪼개지며 피를 뿌렸다.

그것을 확인한 기사들이 더욱 날뛰었다.

"목숨도 내놓을 자신이 있었는데!"

"조금 반항했다고 사람을 찢어 죽여!"

"당해 봐!"

"네 새끼도 당해 봐!"

타깃이 테르무그와 아란츠로 바뀌었다. 둘은 자신의 아군. 그것도 상당한 검술의 기사들에게 둘러싸여 한 검 한 검이 죽음의 급소를 노리는 공격을 당황하며 받아 내고 있었다.

"우선 도망쳐야 합니다! 도망을 쳐야……."

크아아아아아!

그 말이 끝나기도 전에 앞쪽에서 우레와 같은 함성이 터져 나왔다. 공격을 막아서다가 흘깃 뒤를 돌아본 아란츠의 눈이 통방울 만하게 커졌다.

눈앞에서 달려오는 건 다름 아닌 바람의 조였다. 바람의 조는 이성을 잃었는지 흰자위를 드러내고 있었다. 검에서는 시꺼먼 연기가 줄기차게 뿜어져 나오고 있었다.

"이, 이게 무슨!"

아란츠는 검술 실력이 보통이 아니지만, 아직 나이가 어렸다. 그러나 기사단 대부분은 이미 40이 넘어가는 중년인들이었다. 실력 있는 기사라면 천재가 아닌 이상 그러하다.

아란츠는 천재이다. 때문에 이들과 대등하게. 혹은 두 명과도 대등하게 겨룰 수 있다.

하지만 한눈을 팔면 곤란하다. 충격을 받아서 몸이 경직되었다면,

곧바로 반격이 날아오는 것이다.

스걱!

"끄으으!"

검에 맞은 육체가 뒤로 주춤주춤 물러났다.

아란츠가 그 육체를 받치고 절규했다.

"아버지!"

테르무그 공작이 평소라면 맞을 리 없는 공격을 아란츠 대신 맞고서 이를 악물며 뒤로 물러났다.

갑옷 사이로 피가 조금씩 확실하게 흐르고 있었다.

"방심……했구나."

"죄, 죄송합니다. 죄송……."

"검상은…… 견딜 만하다."

촤악!

눈앞의 기사 둘을 베어 넘기며 테르무그 공작이 말했다.

"허나 가문의 적자가 하는 사죄는 견디기가 힘들구나."

"……."

"내 앞에서 약한 모습을 보이는 것을 불허한다."

아란츠가 이를 악물며 검을 휘둘렀다.

몇 년 동안이나 그에게 검술을 가리켰던 상급기사. 하지만 지금은 자신을 노리고 있는 적의 목이 그 검에 베여 굴러 떨어졌다.

"예, 아버지."

테르무그 공작령은 빙긋 웃었다. 아들의 성장은 언제나 기쁘다. 그리고 이러한 기쁜 과정을 평생 보기 위해선 이곳에서 살아남아야 한다.

'위기다.'

그의 검상은 깊었다. 고절한 마나로 상처부위에서 피가 새어 나오는 것을 막고 있지만, 썰물처럼 빠져나가는 마나와 함께 다시금 상처가 벌어질 것이 분명했다.

"뚫고 나가야 한다. 지금은 그것만 생각한다."

"예, 아버지!"

그들은 열정적으로 검을 휘두르며 출구 쪽으로 한 걸음 두 걸음 발걸음을 옮겼다.

하지만 그런 그들을 기다리고 있는 것은,

그어어어어어……

지금 막 일어나서 두 부자를 적으로 인식한 대지의 조.

좀비들이었다.

아란츠는 검을 휘두르며 후회했다.

'그때 같이 들어갔어야 하는 건가.'

일이 이렇게 돌아가게 될 줄이야.

도대체 안쪽에선 무슨 일이 벌어지고 있는 것인가!

"아버지. 앞쪽으로 걸어가는 것이 차라리 나을 것 같습니다."

반 이상을 나아간 길이다. 이쯤에서 돌아가는 것이 더 힘들다. 그렇다면 빨리 파고들어가 어떻게든 결판을 짓는 것이 낫다는 판단을 한 것이다.

테르무그 공작도 흔쾌히 고개를 끄덕였다.

"오늘 부자의 정을 더욱 쌓겠구나."

"기대됩니다, 아버지."

이미 둘의 몸은 전투로 인해 활성화된 상태였다.

둘의 검이 이성을 잃은 기사들을 베어내며 앞으로 나아 갔다.

느리지만 차분하게,

앞으로 나아가고 있었다.

Chapter 6
아그츠의 등장

"다들 아시겠지만, 전 일부러 잡혔습니다."

경식의 말에 푸른 허무가 고개를 끄덕였다.

"어차피 도망쳐 봤자 이곳으로 돌아와야 하니 현명한 선택이었소."

란시아가 하품을 하며 경식을 바라봤다.

"그래도 이렇게 오래 있을 줄 알았으면 한숨 자둘걸 그랬지?"

란시아가 하품을 하며 경식을 바라봤다. 경식은 자유로워진 손을 매만지며, 자신도 그것이 궁금하다는 듯 묘한 표정을 지었다.

"글쎄요. 파견나간 파견병이 와야 상황을 알 것 같네요."

"파견병? 아아, 그 자유롭게 움직인다는 영혼말이니?"

"네."

경식이 그렇게 말하며 푸른 허무에게 다가가, 그에게 채워져 있던 마나 구속구를 쥐고 으깨 주었다.

"이런 건 나도 할 수 있었소만?"

"그래도 풀어 주면 편하잖아요."

"어, 어떻게……?"

그 광경을 보고 있던 옥졸이 입을 뻐끔거리며 할 말을 잇지 못하고 있었다.

경식은 제이크의 마나 구속구 역시 으깨어주며 피식 웃는다.

"마나를 안 쓰는데, 마나를 구속해 봤자 아무 소용이 없지요."

"마, 마나를 안 사용하는데 그런 힘을……?"

아무리 일개 옥졸에 불과하지만, 그 역시 공작가의 병사 중 한 명이었다. 명망 높은 공작가의 일원으로써 마나를 다룰 줄 알았고, 마나 구속구를 채우면 마나를 다루는 이들이 얼마나 힘없이 전락하는지도 알고 있었다.

게다가 저건 마나 구속구가 아니더라도, 무쇠로 만들어져 있다.

그런데 그런 무쇠를 비틀어서 으깨 버리는 악력이라니?

"마, 말도 안 돼! 연락을 해야겠어."

"으음, 그건 곤란한데요."

—굳이 잡을 필요 없네! 어차피 사병들은 오지 않을 거거든!

경식이 옥졸에게 어떠한 리액션을 취하려고 할 때 들려온 소리였다. 고개를 돌리자, 벽을 통과하여 왕년노인이 들어오는 모습이 보였다.

"왜 이렇게 늦었어요!"

그 말에, 왕년노인이 헐헐 웃었다.

—에잉! 내가 왕년엔 이런 감옥에 들어와 있어도 침착하게 때를 기다렸다네. 자네는 너무 조바심을 내서 문제야. 다 잘 풀릴 텐데도 말이야.

"그래서 어떻게 됐어요?"

—뭐, 병사들과 기사들. 그리고 공작과 그의 아들까지 동굴에 들어간 상태라네. 기사들이 순차적으로 들어갔다가, 공작과 그 아들라미가 들어갔지. 그런데 그들이 나오질 않는 걸세. 그래서 병사들이 총 동원해 그 좁은 동굴로 들어갔는데, 아직도 못 나오고 있더군.

"뭔가 사단이 난 거로군요?"

—우리에겐 잘된 일이지. 아니 그런가?

"그렇다면! 슬슬 나갈 준비가 되었다, 이 말씀이십니까!"

제이크가 벌떡 일어났다.

그러자 깜짝 놀란 옥졸이, 안 그래도 흔들고 있던 비상종을 더욱 거세게 흔들었다.

땡땡땡땡땡땡!

"왜! 왜 아무도 안 오는 거야! 서, 설마……?"

"아~ 왜 슬픈 예감은 틀린 적이 없나. 그렇죠?"

경식이 양 창살을 잡고 비틀었다.

끼기기기기긱.

물론, 창살은 비틀거릴 뿐 사람이 나가도 될 정도로 벌어지진 않았다. 회색 바람의 힘을 잔뜩 끌어모았지만, 결과는 마찬가지였다.

그것을 본 옥졸의 표정이 한결 편해졌다. 아니, 기고만장해졌다는 것이 옳은 표현이리라.

"크하하핫! 그것은 웬만한 마나 유저라도 끊을 수 없는 소재로 되어 있지! 당신들의 탈옥은 글렀어!"

"제가 할까요!"

제이크가 벌떡 일어나 그리 말하자, 경식이 고개를 저었다.

"때가 온 것 같습니다."

"흐음!"

때가 온 것 같다.

모두가 그 말을 알아듣지 못했지만, 제이크는 알아들을 수 있었다.

"막바지에 고생하셨군요!"

"네. 꾹 누르느라 고생을 좀 했는데, 이젠 어떻게 할 수가 없네요."

경식은 그리 말하며 회색 바람이 빌려준 힘을 돌려보냈다.

그러자 몸 전체가 멍이 든 것처럼 보랏빛으로 물들기 시작했다.

"기운을 끌어올리지도 않았는데 이렇게나……."

경식은 창살로 다가갔다. 오리 알 굵기 만한 창살은 약간 벌어져 있었지만 여전히 굳건해 보였다.

꽈짓! 꽈지짓!

경식은 뜨억한 표정으로 자신을 바라보고 있는 옥졸 앞으로 다가가 싱긋 웃었다.

"어떻게 그 창살을……."

"그런데 저희 무기들 다 어디에 있대요?"

"그, 그건……."

경식이 옆에 있는 나무 탁자에 손을 짚었다.

"어디에 있는지 알아야 저희가 이곳에서 난동을 부리지 않을 텐데……."

꽈드드득!

두터운 나무 탁자에 경식의 손바닥 자국이 새겨지는 순간
이었다.

옥졸은 침을 꿀꺽 삼켰다.

옥졸에게 있어 공작령이라는 이름은 무거웠지만, 그렇다
고 목숨보다 무겁지는 않았다.

*   *   *

경식 일행은 옥졸이 일러 준 곳으로 가 무기를 되찾았다.
그들의 무기들은 전부 한 곳에 잘 모여 있었다.

오해를 풀고 일행을 돌려보낼 때, 무기 역시 돌려주려는
아란츠의 배려가 돋보였다.

란시아가 자신의 무구들의 상태를 확인하며 만족스러운
웃음을 지었다.

"그나저나 공작령에서 고전을 하고 있는 모양인데?"

내심 공작령이 모든 것을 끝내줬으면 하고 바랐던 란시아
의 아쉬운 듯한 모습에, 경식 역시 고개를 주억거렸다.

"빨리 가 봐야겠어요. 우릴 가두긴 했지만 목적은 같으니
까요."

오히려 그쪽이 더 절박할지도 몰랐다. 자신의 가문의 치부

를 가리려는 목적이기 때문이다. 경식은 그곳에 있을 수많은 처녀들과 검은 진주라는 영혼이 목적이다.

'아니, 슈아가 가장 큰 목적이긴 하지.'

솔직히 말해서 경식은 검은 진주가 마음에 들지 않았다. 그렇게 사악한 영혼이라면 흡수하는 것보단 제거를 하는 편이 나을 것 같다는 생각에서이다.

경식은 출발에 앞서 제이크에게 말했다.

"소울이터는 어디에 보관해 두셨어요?"

"마을 여관입니다!"

"그럼 그걸 가지고 합류해 주세요."

"없이도 충분합니다!"

"무슨 일이 있을지 모르는데…… 가져 오시는 게 좋을 것 같습니다."

"흐음."

제이크는 한참을 생각하다가 고개를 끄덕였다. 경식이 걱정이 되기는 하지만, 성명병기가 없다는 것에 대한 허전함 역시 그의 마음을 돌리는 데 한몫 했다.

"그럼 빠르게 다녀오겠습니다! 30분도 걸리지 않을 것입니다!"

그 말을 끝으로 제이크가 고무공처럼 튀어 사라지려는 찰나였다.

"으음!"

무언가를 느낀 제이크가 어정쩡하게 멈춰 서더니 뒤돌아 경식을 바라본다.

"뭔가 다가오고 있습니다."

"엥? 뭐가요?"

"아직 느끼지 못하시는군요. 하지만 곧 느껴지실 겁니다."

"무슨……."

말을 하던 경식의 입이 꾹 다물어졌다. 경식 역시 무섭게 이곳으로 다가오고 있는 기운을 느꼈기 때문이다.

한 번 접한 적이 있는 기운이었다.

그리고 그 정체가 드러나는 것은 얼마 지나지 않아서였다.

쿵!

하늘에서 누군가가 벼락처럼 뚝 떨어져 내렸다.

바로 아그츠 헤렘이었다.

"후우우. 드디어 만나는군요. 정말이지 보고 싶었습니다, 미꾸라지 씨."

아그츠가 이를 악물며 씹어뱉듯 말한다. 그 목소리엔 광기와 함께 희열이 가득했다.

"로또라도 되셨어요?"

"……?"

"아니 너무 기뻐하길래……."

경식이 말을 흐리자, 아그츠는 뭐 아무렴 어떠냐는 식이다.

"도망치던 강아지를 드디어 잡았습니다. 기쁘지 않을 수 없지요. 당신을 죽여 땅에 묻음으로써 주신께 경배드릴 것을 생각하니 더더욱 행복합니다.

"미꾸라지요?"

"그래요. 미꾸라지 말입니다."

"왜요? 제가 왜 미꾸라지죠?"

"제 포위망을 잘도 빠져나가셨으니 미꾸라지가 맞습니다."

"언제요?"

"……."

아그츠는 굳이 설명하지 않았다. 이해시켜봤자 뭐 상황은 달라지지 않고, 입만 아플 뿐인 것이다.

경식이 혼자서 이해를 하고 눈을 동그랗게 떴다.

"아아아아!"

경식이 잠깐 잊고 있었다는 듯 손바닥을 탁! 하고 치며 제이크를 바라봤다.

"진짜 냄새 맡고 오네요?"

"제가 한 말이 맞지요? 저 녀석들은 영혼의 냄새를 맡고 찾아옵니다. 마치 개새끼들처럼 말입니다!"

"아니, 나도 그게 가능하니까 그런 발언은 좀……."

경식 역시 비슷한 짓을 할 수 있기에 뭔가 따라 웃을 수만은 없는 상황이었다. 하지만 제이크는 오해하지 말라며 손사래를 쳤다.

"할 수 있는 것과 훈련받아서 가능하게 된 것은 다릅니다! 저 녀석들은 가짜! 주인님이 진짜십니다!"

"아니 그렇게 말하면 저들은 가짜고 저는 진짜 순수 혈통 강아지처럼 들리잖아요? 아무튼 힘을 끌어올려 쓰면 정말 아그츠가 오네요. 그럼 저번에도 몇 번 왔어야 했는데?"

경식이 고개를 갸웃거리자, 듣고 있던 아그츠의 이마에 핏발이 섰다.

"그렇다면, 저희가 오는 걸 느끼고 도망친 것이 아니라는 말입니까?"

그 말에 경식이 약간 미안해졌다.

"타이밍이 안 맞았던 것 같네요. 어쩌다 보니 그런 식이 돼버렸어요. 기운을 발출하면 쫓아올 '수도' 있다는 생각은 했지만, 딱히 걱정을 하거나 하진 않았달까……써야 할 상황이 아니면 함부로 사용하지 않았을 뿐이라고나 할까……요?"

"……."

아그츠와 십여 명의 부하 이단심문관들의 눈동자에, 지금까지의 동고동락이 주마등처럼 스치고 지나갔다.

지나간 후 느껴지는 것은 원망과 분노였다.

아그츠가 자신의 검을 뽑아 들고 소리쳤다.

"당신을 용서할 수 없습니다."

"아니 날 죽여서 땅에 묻어 버린다고 했으면서 지금에 와서 용서할 수 없다고 해요? 거참 이상한 양반이네."

으아아아!

뒤에 있던 이단심문관들도 열이 받았는지 자신의 검을 뽑아 들고 하얀 아지랑이를 뿜어내고 있었다.

란시아와 푸른 허무 역시 뒤에서 자신의 병기를 들고 자세를 잡았다.

"에이, 거참."

그걸 본 경식이 손사래를 쳤다.

"제가 혼자 처리할 수 있을 것 같아요. 나중에 제가 힘들어하면 도와주세요."

—호오! 자네가 자신 있게 나서다니, 역시 오래 살고 볼일이로군? 아, 물론 죽어서 영혼밖에 없지만.

[우선 빨리 끝내는 게 좋으니까, 내가 힘을 좀 빌려줄까?]

[취이익! 기다리고 있는 너의 명령! 받기만 한다면 눈앞의 모든 것을 없애 주지 영영! 취익!]

[톨톨톨톨. 우.선 나의 힘을 사용하.고 그 후에······.]

"아니."

경식은 세 영혼이 하는 말을 일축했다.

"굳이 그러지 않아도 돼."

하아아아—

경식이 나른한 표정으로 마검을 뽑았다. 그러고는 금방이라도 달려들 것 같은 아그츠에게 겨누었다.

경식의 온몸이 멍이 든 것처럼 보랏빛으로 물든 것을 넘어서, 흑색에 가까울 정도로 그 색이 짙어지고 있었다.

"저희가 많이 바쁩니다. 동료 한 명이 실종돼서요."

"역시 공작령에 무슨 일이 있긴 있는 모양이로군요. 검문 같은 것도 거치지 않고 이렇게 올 수 있다니……."

물론 검문이 있다고 하여도 무시하고 들이닥칠 생각이었다. 황제의 적은 교단의 적이기도 하니까. 그리고 황제에게 불만을 품은 집단의 우두머리 격인 테르무그 공작령이니 만큼, 오히려 일부러라도 무례하게 나가려고 마음먹고 온 상황이었다.

그런데 입구는 지키는 이 하나 없이 텅 비어 있었고, 여기까지 오는 데에 병사다운 병사는 한 명도 보지 못했다. 오면서부터 이상하게 생각했고, 경식 일행의 기운이 공작령 안에서 느껴진다는 것 자체가 '이상한 일'이었기에, 그 답을 빨리 찾고자 발걸음을 빨리 하기도 했다.

"공작령에 무슨 일이 있지요? 당신들과 관련된 일입니까?"

그 말에, 경식이 대답을 하려다가 입을 다물었다.

"그건 공작께 직접 물어보세요."

"알겠습니다. 당신의 목을 들고 공작을 직접 독대해야겠군요."

그가 검을 허공에 빙글 돌렸다.

"부러진 검을 녹여서 더욱 좋은 명검으로 만들었습니다."

"잘 된 일이군요."

"진심으로 그것이 당신의 유언입니까?"

아그츠가 비릿하게 웃으며 검을 치켜들었다.

그것을 보며, 경식은 너른 한숨을 내쉬었다.

"제가 알기로 당신은 이단심문관이지요? 그리고 이단심문관이면 신을 모시는 사람 중 한 명인 것으로 알고 있습니다."

"그렇지요."

"보통 제가 살던 세상에선 목사나 신부님들이 짓기 어려운 종류의 미소를 자주 짓는 것 같아서요. 영웅보단 악당에게 어울리는 그런 미소."

"……."

웃고 있던 아그츠의 표정이 딱딱하게 굳어갔다.

"악은 당신입니다. 이곳에서 죽어야 마땅한 운명."

"그럼 제가 이곳에서 당신을 이기면?"

"그럴 리⋯⋯."

경식은 아그츠의 말을 무시했다.

"그럼 제가 선이겠거니 하겠습니다."

"불경 죄. 죽음으로 사죄하시길."

아그츠가 경식에게 달려들었다.

강령술을 완벽히 부정하는 기운이 담긴 그의 검에서, 눈이 부실 정도로 하얀 기운이 뿜어져 나왔다.

신성력이 아니라 신성이다.

"죽어 지옥에 떨어져 자신의 죄를 뉘우치십시오."

"죽게 된다면⋯⋯."

경식은 태평하게 자세를 잡기만 했을 뿐 검을 휘둘러 대응하지 않았다.

그러는 와중에도 아그츠의 검은 경식의 어깨 위쪽을 착실하게 지나치고 있었다.

노림수는 목!

아그츠는 경식이 지금 피하기 시작해도 목이 베어나갈거란 확신을 가졌다.

그때, 경식의 검이 움직여 아그츠의 검을 방어해 왔다.

'이 정도는 힘으로 밀어붙인다!'

아그츠가 알고 있는 경식의 힘은, 고작해야 소드 익스퍼트 중상급 수준. 아그츠는 그 힘을 상회한다. 더군다나 신성까지 바짝 끌어올린 상태. 강령술조차 무효화시키는 검을 쥐고 있는 이상, 아그츠는 분명 경식의 목을 벨 수 있을 터였다.

하지만.

뒤로 나가떨어진 것은 아그츠였다.

쾅!

"쿨럭!"

아그츠는 뒤로 주욱 물러나며 검은 피를 토해 냈다.

자신의 공격을 막아 낸 것도 모자라 반탄력으로 내상까지 입히다니?

"도대체!"

말을 할 틈도 없었다.

어느새 하늘 위에서 뚝 떨어져 내리는 경식의 검을 방어해야만 했기 때문이다.

아그츠는 자신의 검에 신성을 잔뜩 주입했다. 검이 태양처럼 찬란하게 타올랐다.

그 작은 태양에 보랏빛 유성이 부딪쳤다.

꽈창!

"······!"

검이 부러지고, 아그츠는 자신의 왼쪽 어깨를 바라봤다.

검이 왼쪽 쇄골과 근육을 후벼 파고들어와 있었다.

마치 쇠몽둥이에 얻어맞은 듯.

베이진 않았지만, 그보다 더한 고통을 온몸으로 받아내어야만 했다.

경식이 피 한 방울 묻지 않은 마검을 바라보며 만족스럽다는 듯 웃었다.

"베지 않았어. 걱정했는데 다행이네."

"어떻……게!"

쩌적— 쩌저저적—!

경식의 피부 겉 표면이 계란 껍데기처럼 갈라지더니 후두둑둑 떨어졌다.

그 피부의 껍질이 떨어지고 드러난 몸은 상처 하나 없이 매끈한 복숭앗빛의 탐스러운 피부였다.

경식이 자신의 몸을 둘러보며 감탄했다.

"꿀 피부 됐네?"

그걸 본 제이크의 눈가에 눈물이 솟아올랐다.

복받친 감정을 주체하지 못하고 경식에게 무릎을 꿇었다.

"2단계 입성을 축하드립니다!"

"네! 완전 축하받을 일이 맞네요!"

겸손을 떨래야 떨 수가 없을 만큼 기분이 좋고, 껍질을 깨고 나온 육체가 만족스러웠다.

란시아가 이제야 상황을 이해하고 신기하다는 듯 말했다.

"조금 더 남자다웠으면 좋았을 걸. 하지만 더 예쁘장해졌으니 손해는 아닌 건가? 축하해."

[저 계집애 완전 웃기네. 경식이는 원래 남자다웠거든? 그리고 어디서 평가질이야? 지가 뭐라도 되는 줄 아나 봐? 허참 어이가 없어갖고. 허! 허어! 허!]

구미호가 어이가 없다는 듯 란시아를 노려본다.

푸른 허무가 픽 웃으며 어깨를 으쓱였다.

"흐음. 2단계가 빠른 감이 있구려. 잘생긴 주제에 재능까지 있다니, 통탄할 일이외다. 일단 축하하오."

—헐헐헐헐! 왕년에 내 모습을…….

"모두들 감사합니다."

—힝…….

왕년노인의 말을 일축하고, 경식이 아그츠를 바라봤다. 아그츠 역시 상황을 이해하고 이를 악물었다.

"방심을…… 했군요. 쿨럭!"

일어나려고 했지만, 쇄골과 그 밑에 있는 근육. 폐까지 눌러버린 상황이라 지금 당장은 운신이 불가능했다. 일반인이었으면 벌써 죽었을 것이다.

"아그츠님!"

"이, 이런…….."

이단심문관들이 그제야 아그츠에게로 달려왔다. 아그츠는 이를 악물며 경식을 노려볼 뿐이다.

경식이 어깨를 으쓱였다.

"그러니까 처음부터 저를 저평가 하고 싸움에 임하시면 안 되죠. 그동안 저도 성장을 했을 것 아닙니까? 물론 편차가 이 정도일 줄은 저도 몰랐네요."

"끄으윽!"

분명 아그츠가 신성이 아니라 성혈을 사용했더라면 이야기는 달라졌을지도 몰랐다.

그가 총력전을 벌였더라면, 경식을 어렵사리 제압했을지도 모르겠다.

하지만 그는 경식을 얕잡아봤고, 경식은 최선을 다했다. 오히려 아그츠를 2단계의 벽을 깨부수는 도구로 사용했다.

경식의 완승이었다.

"저는 조금 있다가 뵙겠습니다."

뚜둑. 뚝.

제이크가 상처 입은 아그츠와 이단심문관에게로 다가오며 손을 풀었다. 그의 얼굴 표정은 잔인하기 그지없었다.

"저, 적당히 제압만 해 주세요."

"근성을 다하여 노력을 해 보지요!"

퍽! 빠악!

끄아아아아악!

"……."

경식은 뒤에서 들려오는 곡소리를 애써 무시한 채, 일행들과 함께 앞으로 나아갔다.

목적지는 지하공동.

테르무그 공작가의 시조인 테르무그 그란츠가 영면에 들었다는 무덤이었다.

＊   ＊   ＊

"그대로네."

동굴의 입구에 도달한 경식이 한 말이었다. 입구엔 수십 개의 발자국을 제외하곤 바뀐 것이 없었다.

하지만 입구에 들어가 안쪽을 확인한 순간, 이곳에 적응이 되었다고 생각했던 경식은 헛구역질을 하고 말았다.

"끄에에엑!"

눈앞의 광경은 참혹하기 그지없었다.

팔다리가 널려 있고 눈알이 굴러다니고, 피가 얼룩덜룩하여 도저히 발걸음을 옮길 수도 없었다.

란시아 역시 눈살을 찌푸리며 코를 막는다.

"지독하네. 사람 몸이 퍼즐조각처럼……."

"으음. 레이디가 봐선 안 될 광경이군요."

"……그런데 앞으로 걸어가야 합니다. 그게 괴롭네요."

하지만 걸어야 했다. 걸을 때마다 살점을 밟는 느낌에 토악질이 나왔지만, 방법이 없었다.

한참을 걷고 있는데 왕년 노인이 넌지시 말했다.

—왼쪽에 길이 있네. 벽으로 쳐져 있는데, 다른 길로 이어져 있어.

"길이 있다고요? 어떻게 알죠?"

그 말에, 왕년노인이 멈칫하며 말했다.

—나, 나는 벽을 통과할 수 있지 않은가. 어쩌다 보니 벽을 통과하게 됐는데 보이더군. 운이 좋았지. 운이.

[왠지 적당히 얼버무리는 것 같은데……?]

—허헐! 알려줘도 뭐라고 그러기요? 왕년에도 이런 모함을 받고 내가 감옥까지 갔는데, 그때보다 지금이 더 억울하오!

"강한 부정은 긍정이랬는데……."

[게다가 완전 강한 부정인데…….]

—아 갈 거요 말 거요!

물론 모두가 가기로 동의를 봤다.

—흥! 바로 오른쪽 옆의 벽을 부수면 되네. 그럼 또 다른 길이 열릴 게야.

"뭐래? 그 길이 어디에 있는데?"

유일하게 왕년 노인의 말을 듣지 못하는 란시아가 보챘다.

경식은 벽의 면을 주먹으로 톡톡 두들겨 보았다.

퉁. 퉁.

굵은 벽이 쳐져 있지만, 안쪽이 비어 있다는 것을 알 수 있었다.

"이 벽을 뚫어야 한대요."

"잘생긴 주제에 힘까지 좋은 당신이 하면 되시겠소."

"……아니 그거 칭찬 맞죠?"

경식은 안 그래도 2단계에 접어든 몸을 시험해 보고 싶은 마음이 있었다.

곧 경식의 온몸에서 아지랑이가 끓어올랐다.

그 광경을 본 구미호가 신기하다는 듯 말했다.

[비주얼은 변화가 없네? 단지 뿜어져 나오는 소울에너지가 2배 정도 많아진 것뿐?]

"그거 엄청난 비주얼의 차이거든?"

경식이 핀잔을 주며, 온몸의 소울 에너지를 주먹으로 모았다. 그러자 이전과는 달리, 모인 기운이 살아 있는 뱀처럼 꿈틀거리며, 경식의 손목 아래쪽에 똬리라도 틀 듯 도사렸다.

경식은 자신의 주먹을 바라보며 기묘한 표정을 지었다.

"왠지 내 기운이 살아 있는 것 같은 느낌인데?"

—헐헐. 기분 탓이겠지. 자신의 기운이 독자적인 에고를

가질 수가 없지 않은가? 생물도 아니고 말일세.

"뭐, 그렇겠죠!"

경식은 그렇게 말하며 꽉 쥔 주먹을 내뻗었다.

쩌적!

벽에 거미줄 모양의 금이 가더니, 그 균열 속으로 똬리를 틀고 있던 기운이 그 속으로 스며들었다.

그러고는?

아무런 현상도 일어나지 않는다.

[뭐야. 그냥 힘이 벽에 스며들었을 뿐인데?]

―헐헐. 그러게 말이오. 스며들어서 거기에 마치 있었다는 듯 균열을 채우고 있소.

"뭐야…… 벽돌 잇는 시멘트도 아니고 왜 저런 건데?"

경식 역시 자신이 내뿜은 기운이, 금 간 벽에 스며든 것이 이해가 되질 않았다.

"뭐야. 파괴력이 다운그레이드 된 건가? 1단계 때였으면 분명…… 완전히 날아가진 않아도 구멍이라도 뚫렸을 텐데."

지금은 그저 쩍쩍 갈라진 땅에 물이 스며들 듯 기운이 스며들어 있을 뿐이었다.

이상했다.

"아니 폭발이라도 해야……."

그리고 경식이 무심결에 그리 생각하는 순간.

콰앙!

스며들어 있던 기운이 폭발하며 벽 전체가 와르르 무너져 내렸다.

"……."

란시아가 경식을 바라보며 입을 벙끗거린다.

"지, 지금 뭐 한 거야?"

"그, 글쎄요?"

하지만 푸른 허무는 당연하다는 듯 어깨를 으쓱였다.

"아무것도 모르는 자로군. 2단계의 효용을 알려면 아직도 한참 멀었어."

뭔가 알고 있다는 듯 말해 놓고, 경식이 그것에 대해 가르쳐달라고 하자 피식 웃으며 하는 말이 가관이었다.

"나도 모르지. 나는 속박되어 있던 영혼일 뿐 에리오르슈 가문의 비의를 배우진 않았으니 말이오."

"그런데 왜 안다는 듯이 지껄여요!"

"기능은 모르지만 기능을 알 법한 그대가 바보처럼 자신의 몸 상태도 모르니 하는 말이었소."

"……."

논리적으로 너무 완벽해서 별로 할 말이 없었다.

"아무튼, 이 안쪽은 밝구려."

푸른 허무의 말처럼, 열린 길에는 적정거리마다 마법랜턴이 빛을 비추고 있었다.

하지만 주변은 거미줄과 함께 케케묵은 먼지가 묻어나오고 있다.

"으음. 그래도 더러운 게 더럽게 징그러운 것보다는 훨씬 낫지요."

경식이 그리 말하며 경쾌하게 발걸음을 옮겨갔다.

*　　　*　　　*

쿵!

쿵!

요란법석한 소리와 함께 땅이 조금씩 울렸다. 무슨 오우거라도 뛰어놀아야 날 법한 소리와 울림인데, 이곳은 다름 아닌 공작령의 안뜰이었다. 오우거가 있을 리 없는 곳.

하지만 그곳엔 한 명의 오우거. 아니, 믿기 힘들지만 인간임이 분명한 실루엣이 빠르게 입구 쪽으로 다가오고 있었다.

바로 제이크였다.

"후! 후우!"

제이크는 빠른 속도로 질주했다. 그의 성명병기인 소울이터를 여관에서 찾아서 다시 돌아오려는 생각밖에 없었다.

하지만 입구 쪽으로 다가갈수록 그의 발걸음은 느려지고

보폭은 좁아졌다. 소리 역시 들리지 않았다.

멈춰 선 것이다.

사명감에 불타오르던 그를 멈춰 세울 만한 인물이 있을까?

바로 눈앞에 두 명의 인물이 그러했다.

진중해진 제이크의 눈동자가 두 사람을 지켜봤다.

제이크와 둘은 마주 본 채 아무 말도 하지 않고 있었다.

그 중, 남색에 가까운 눈동자를 한 청년 하나가 제이크를 보고 유들유들한 미소를 지었다.

"이거 대단한데? 공작가가 얼마나 명망이 높으면 제이크랑 비슷한 사람을 문지기로 쓰나?"

그 말에, 비쩍 마르고 키가 큰 중년인이 눈썹을 꿈틀거리며 말을 받았다.

"비슷한 게 아니라 제이크입니다."

"에이. 제이크가 왜 여기에 있겠어?"

"확률은 적다고 보았지만, 있군요."

"십 중 팔구?"

"십 중 십. 제이크입니다. 아무래도 우리만 초대를 받은 게 아닌가 봅니다."

제이크는 순간 생각했다.

"초대라고 했는가? 공작가가 네놈들을 초대했다고?"

공작가에게 초대를 받았다는 말인가, 하는 마음에 질문을 했지만, 당연하게도 대답은 들려오지 않았다.

답변 대신 질문이 돌아온다.

"공작가일리가 없지."

"그럼 누가?"

"흐음. 네놈은 초대받지 않은 모양이로군."

알스가 어깨를 으쓱이며 둘의 대화에 끼어들었다.

"네 주인은 어디에 있나? 누구더라? 쿠드던가?"

"……."

"어이, 어디에 있냐고 묻잖아?"

그 말에, 제이크가 피식 웃으며 주먹을 꽉 쥐었다.

쉬이이이이이이이.

그러자 주먹 사이에 갈색 기류가 형성되더니 그곳으로 강한 흡인력이 작용하여 공기가 빨려 들어갔다.

허공이 유리라도 된 듯 손아귀에 의해 깨지며, 그곳으로 바람이 새어 들어왔다.

"그것이 2단계의 완성. 이라 했던가?"

테카르탄이 그리 말하며 씩 웃었다. 그러고는 검을 뽑은 채 앞으로 한 발자국 다가섰다.

제이크는 표정을 굳히면서도 씩 웃었다.

"소울이터는 어디에 있지?"

"너희를 상대하는 데에, 이것으로 충분하다."

테카르탄은 제이크의 의중을 살폈다. 그러고는 정말 소울이터가 없다는 걸 알았다.

그의 얼굴에 진노가 끓어올랐다.

"성명병기를 놓고 다닌다고?"

"……."

"그것이 오늘 네가 죽는 이유가 될 것이다."

팟!

그 말이 끝나자마자, 제이크가 손아귀에 쥐고 있던 기운을 공 던지듯이 던졌다. 그러자 거대한 기류가 형성되며 테카르탄에게 쇄도했다.

"……."

테카르탄은 그것을 보고도 피하지 않았다. 막으려고 검을 들어 올리지도 않았다. 오히려 검을 쥐었던 손에 힘을 풀더니 검을 검집에 집어넣었다.

그 행동에 제이크가 의문을 표하기도 전에, 옆에 있던 알스가 달려와 손으로 그것을 쥐었다.

콰스스스스스슛!

갈색의 광구가 알스의 손을 빨아들이지 못하고 사라졌다. 제이크는 눈을 크게 치뜬 채 알스를 바라봤다.

알스는 심드렁한 표정으로 쥐었던 손을 훌훌 털며 인상을 찌푸렸다.

"장난 아니네. 하마터면 빨려 들어갈 뻔했어."

"하지만 빨려 들어가지 않으셨습니다."

"그건 내가 더 잘 알아. 그나저나 내가 상대해도 되는 거야? 원래 너의 사냥감이잖아?"

그 말에, 테카르탄이 특유의 무표정을 유지한 채 고개를 끄덕였다.

"검이 없는 반푼이는 저에게 사냥당할 자격이 없습니다."

알스가 키득키득 웃었다.

"내가 나서면 다음을 기약할 수 없을지도 모르는데, 괜찮겠어?"

"그 정도의 인물이면 더더욱 필요 없습니다."

"뭐야. 자존심이 상해서라도 죽여야겠는데?"

"가능하다면 그러시길."

알스가 이를 씩 드러내며 웃었다.

순간, 알스의 왼쪽 이마에 고드름 같은 뿔 하나가 불쑥 솟아났다. 그와 동시에 그의 발밑을 지탱하고 있던 땅에 얼음이 서리며 점점 세를 넓혀 갔다.

"쟤 때문에 네가 죽는 거야. 그거 알고 죽으라고."

그 말이 끝나기가 무섭게 알스의 몸이 쏘아져 나왔다. 제이크는 눈을 부릅뜨며 손을 들어 그것을 막아 갔고, 알스의 손아귀가 제이크의 팔뚝을 찔렀다.

캉!

제이크는 그대로 서 있었고, 알스가 뒤로 튕겨 나듯 물러났다. 하지만 결과는 그 반대였다. 알스는 자신의 손을 몇 번 털어 보이는 것으로 데미지를 회복했지만, 제이크의 팔은 부딪친 곳으로부터 직경 10센티에 달하는 성에가 서렸다.

'간신히 피가 도는군.'

만약 방심해서 소울 에너지를 1단계로 제한하여 운용했더라면 동상을 면치 못했을 것이 분명했다.

대단하다면 대단하다 할 수 있었다.

'하지만 아직 멀었다.'

그가 알기로 알스는 많은 재주를 가졌을 것이다. 그가 본 것만 해도 여러 가지 존재한다.

하지만 그 모든 것은 제이크에게 통하지 않는 것. 그것을 알스도 알기 때문에 많은 공격을 제외하고 가장 간단하고 강력한 공격을 했을 것이다.

제이크 역시 오래 끌 생각이 없었다.

'주인님을 키워줄 숙적이라 생각했지만, 아쉽군.'

물론 경식이 알스보다 조금 더 우위에 있다 믿어 의심치 않는 제이크였지만, 알스와 경식은 확실히 라이벌 관계였다.

서로 도움이 되는 관계. 경식이 알스를 강하게 만들지도 모르지만, 알스 역시 경식을 강하게 만들었다.

그 때문에 제이크는 알스를 죽이지 않고 내버려 두고 있었다.

'하지만 그렇다고 주인님께 보낼 순 없지.'

이 기회에 제거해야겠다는 생각을 굳힌 제이크의 표정이 차분하게 변했다.

"다시 간다."

쾅!

제이크가 그 말을 하며 진각을 밟았다. 그러자 온몸에서 뿜어져 나오던 갈색 아지랑이가 몸속으로 갈무리되었다.

그 순간 테카르탄의 무표정하던 얼굴이 크게 꿈틀거렸다.

"조심하십시오."

"이미 그러고 있어."

화아아악!

등 뒤에서 13마리의 혼령이 뿜어져 나오더니 알스의 주변을 맴돌았다. 그러더니 알스의 앞을 방패처럼 가로막았다.

"후우우우."

꽈득. 꽈드드득.

키야아아아아아!

한숨을 쉰 것만으로 영혼들의 몸이 꽈드득 얼어붙었다.

최고의 방패.

그리고 닿자마자 영혼까지 얼려버리는 최고의 무기이기도
했다.

"흐음!"

제이크의 몸이 고무공처럼 튀어 올라 알스에게로 쏘아졌
다.

그리고 주먹을 내뻗었다.

제이크의 주먹에선 아무런 기운도 느껴지지 않았다. 그저
주먹을 뻗는 동작. 그 이상도 그 이하도 아닌 것처럼 보인다.

하지만 인간이 당연히 내뿜어야 하는 생기마저 느껴지지
않는다는 것이 테카르탄. 그리고 알스의 기감을 자극했다.

눈앞의 평범해 보이는 주먹.

저 주먹은 지극히 평범하기 때문에, 지극히 위험할지도 모
른다.

12개의 영혼으로 이루어진 얼음벽에 제이크의 주먹이 부
딪쳤다.

부딪침과 동시에, 영혼들이 제이크의 주먹 속으로 빨려 들
어갔다. 손이 얼지도 않았고, 제이크의 손이 부서지지도 않
았다.

그저 눈앞의 영혼과 한기가 전부 제이크의 오른 주먹으로
빨려 들어갔다.

"뭐, 뭐야?"

하지만 말할 틈도 없었다.

제이크의 왼쪽 주먹이, 오른손이 먹어치운 얼음벽을 무시한 채 알스의 복부로 날아들었기 때문이다.

제이크의 왼쪽 주먹엔, 비명 소리가 쏟아져 나오는 시릴 듯한 한기가 뿜어져 나오고 있었다.

알스의 것 그대로였다.

그것이 알스의 머리통에 날아들었다.

꿔드득. 드드드득!

"......!"

테카르탄이 눈을 부릅뜨고 있는 가운데, 알스가 뒤로 두 발자국 물러나더니 풀썩 주저앉았다.

"......아아아...... 이게 뭐야."

어느새 그의 왼쪽 이마에도 오른쪽과 같은 하늘색의 뿔이 돋아나 있었다.

눈동자 역시 하늘색. 늑대처럼 흉흉한 기운이 뿜어져 나오고 있었다.

"이......게......."

알스가 다시금 일어서려 하다가 주저앉는다. 그러더니 입에서 이빨이 돋아나더니 늑대의 것처럼 구강구조가 바뀌며 주둥이처럼 툭 튀어나오려 하고 있었다.

온몸에선 하늘색 털이 돋아나려 했다.

"아, 진짜…… 겨우 눌러놨는데……."

그것을 본 제이크는 느꼈다.

반드시 이곳에서 저자를 죽여야 한다고.

본능에 따른 제이크가 신체를 2단계가 아닌 3단계로 끌어 올렸다.

거대했던 몸이 축소되며 근육의 이음매가 보일 정도로 옹 골차게 변화하기 시작했다.

하지만.

그의 등 뒤에서 은밀한 검은 선이 뚝 하고 떨어졌다.

콰지지짓!

"……!"

오히려 놀란 것은 테카르탄의 쪽이었다.

분명 정수리부터 가랑이까지 이어지는 길을 따라 내리쳤 는데, 결과는 오른쪽 승모근을 베어내고 뼈를 바르기밖에 못 했다.

테카르탄이 재빨리 뒤로 물러섰다.

후앙!

그가 있던 자리의 공기가 아예 사라지며, 그곳을 메우려고 강한 바람이 몰려 왔다.

테카르탄이 그곳에 있었더라면 분명 머리가 터졌을 것이 다.

그리고 터져 나온 한마디.

"네놈은 예나 지금이나 비겁하다."

"……."

테카르탄은 그 말에 대꾸를 하지 못하고 알스에게 달려
갔다. 알스는 눈을 까뒤집은 채, 늑대도 아니고 인간도 아닌
어정쩡한 모습으로 괴로워하고 있었다.

[저 녀석을…… 크륵! 크으르르르륵!]

테카르탄이 검의 폼멜 부분으로 알스의 뒤통수를 찍었다.

빠각!

괴로워하던 알스가 추욱 늘어지고, 변형도 멈추었다. 테카
르탄이 그의 몸에 마나를 주입했다.

몇 년 만에 운용해 보는 정순한 마나였다.

그것이 주입되자, 서서히 변형되던 신체가 정상으로 돌아
오고 있었다.

그것을 보던 제이크가 추욱 늘어진 오른쪽 팔을 매만지며
말했다.

"그렇게 정순한 마나를 아직도 사용할 줄 알았던가."

"……옛날의 부산물일 뿐. 필요에 의한 것일 뿐이다."

테카르탄이 알스를 안아 들고 제이크에게로 걸어갔다. 제
이크는 눈을 부릅뜨며 자세를 취했지만, 테카르탄은 제이크
를 지나쳐 앞으로 걸어갔다.

"어째서냐."

분명 제이크가 부상을 당하고 소울이터도 없는 불리한 상황인데, 이런 절호의 기회를 테카르탄이 놓친다는 것이 이해가 가질 않았다.

테카르탄은 특유의 무미건조한 어조로 대답했다.

"소울이터가 없는 반푼이를 이겨봤자, 나의 갈증은 해소되지 않는다."

테카르탄은 그리 말하고 공작령 안쪽으로 사라졌다.

테카르탄이 완전히 사라진 것을 확인한 제이크의 자세가 그제야 무너졌다.

오밀조밀해지던 근육 역시 다시금 거대하고 투박해졌다.

신체레벨이 다시금 1단계로 변했다.

"2단계의 비의를 막다니."

알스는 그가 알던 때보다 더욱 강해졌다. 경식 역시 2단계를 뛰어넘긴 했지만, 지금의 알스를 감당할 수 있을까?

그리고 테카르탄은?

"서둘러야 한다."

아무리 제이크라도 부상을 당한 지금 상태로는 둘을 상대하기 무리였다.

소울이터가 필요했다.

탓.

제이크는 축 늘어진 어깨를 부여잡고 빠르게 몸을 날렸다.

하지만 조금 전의 박력도, 스피드도 사라졌다.

하지만 마음은 그때보다 더욱 급해졌다.

어떻게든 빠르게 소울이터를 가지고 경식에게로 돌아가야
한다.

그러지 않으면,

정말 경식이 위험할지도 몰랐다.

Chapter 7
흑마도사 케헤

"누가 내 얘기를 하나?"

경식이 머리를 긁적이며 주변을 둘러봤다. 그곳엔 구미호
와 왕년 노인 말고는 보이지 않았다.

[무슨 이야기를 해?]

―아무런 이야기도 하지 않았네만?

그렇게 걸어가고 있는데, 그들의 앞에 거대한 벽 하나가
모습을 드러냈다.

길이 끝난 것이다.

란시아가 벽을 톡톡 건드려 보았다.

텅텅―

얄팍히 울리는 소리로 벽 너머가 비어 있다는 것을 알 수 있었다.

"쿠드가 이거 부수면 되겠다."

"으음. 이런 건 원래 제이크 담당인데."

언제부터 자신이 이 파티(?)에서 딜러 역할을 했는지 모르겠다. 히든카드 같은 존재였는데, 딜러로 전락한 느낌이랄까?

쓰으으응!

다시금 경식의 소울 에너지가 손으로 몰려가며 이곳에 들어올 때와 마찬가지로 벽을 부쉈다.

벽이 가루처럼 부서져 나가며 눈앞의 광경이 드러났다.

그리고 그것은, 드러낸 경식 쪽도 드러난 상대방 쪽도 전혀 예상 밖의 일이었다.

"이, 이게 도대체……."

그곳은 직경 100미터는 족히 되어 보이는 넓은 공터였다. 그 가운데에는 피로 그려진 듯한 붉은 마법진이 펼쳐져 있었고, 그 마법진 위에는 얼굴을 제외한 모든 곳이 검은 그림자에 휩싸여 있는 여인. 아리아가 둥실 떠올라서 무언가를 중얼거리고 있었다.

아리아가 입술을 움직일 때마다, 등 뒤에서부터 쏘아져 나오고 있는 하얀 기운이 맥동하듯 뿜어졌다.

그것들은 그녀의 몸으로 쏘아지고 있었다.

경식은 그 기운의 끝 부분에서 보이는 광경에 넋을 잃고 말았다.

그곳엔 족히 100명은 되어 보이는 여인들이 나체로 주저앉은 채 눈이 풀려 있었다. 그들의 머리 위로는 새하얀 기운이 뿜어져 나오고 있었다. 그것이 아리아에게로 향하는 거대한 기운의 정체인 듯했다.

"……."

경식은 처녀들 사이에서 익숙한 얼굴을 볼 수 있었다.

바로 경식이 묵었던 여관집 주인의 딸인 라샤였다.

그리고 그 옆에서 라샤를 보듬어 안듯한 채, 눈이 풀려서 힘없이 주저앉아 있는 이는 분명…….

"슈아!"

"……."

경식이 불렀지만 슈아는 대답이 없었다. 거리가 멀어 들리지 않기도 했고, 이미 슈아는 정신을 잃은 상태였기 때문이다.

주문을 계속해서 외우던 아리아. 아니, 아리아의 몸과 영혼을 지배하고 있는 검은 진주가 경식을 노려봤다.

[이런 길이 있었던가? 과연 공작가가 꽁꽁 숨겨 놓은 곳이라 이거로군?]

"지금 뭘 하고 있는 거냐!"

[목소리가 크군. 조금 조용히 해 주겠어? 지금 난 중요한 일을 하고 있으니 조금 있다가 상대해 주지.]

"그렇게 둘 수는 없지."

푸른 허무가 들고 있던 활에 시위를 먹인 후 바짝 잡아당기며 말을 이었다.

"일전에 말했다시피, 검은 진주의 전생은 인간의 몸으로 마계의 문을 열어 세상에 혼란을 가져왔던 흑마도사라오. 그리고 검은 진주는 지금 전생의 기억을 끌어내려고 하고 있소. 그렇게 둘 수는 없지."

꽈가가각……!

푸른 허무는 평소보다 더욱 깊숙이 화살의 시위를 잡아당겼다. 눈동자에는 결의까지 얼비친다.

"꽃다운 처녀들을 저런 꼴로…… 용서하지 못한다!"

란시아가 그런 푸른 허무를 보며 말했다.

"공작가의 딸도 처녀라고 알고 있는데?"

그렇다.

검은 진주가 점령한 아리아 역시 처녀였고 아리따운 여자였다.

그것을 잊어먹고 있었다. 그리고 엉겁결에 시위를 먹이고 있던 손을 놓아 버렸다.

"이, 이런!"

쭈아아앙!

화살촉에서 룬어가 푸르게 빛나며 날아갔다.

푸른 허무는 뜨악한 표정을 지었고, 란시아 역시 얼굴이 굳었다. 경식 역시 이를 악물고 상황을 지켜봤다.

하지만 검은 진주는 코웃음을 칠뿐이었다.

곧 반투명한 방어막에 푸른 허무가 쏘아낸 화살이 튕겨 나갔다.

"휴우……."

"안도의 한숨을 쉴 때입니까, 지금!"

경식이 마검을 들고 앞으로 치달렸다.

마검에는 조금 전과 같이 보랏빛 소울 에너지가 잔뜩 뿜어져 나오고 있었다.

물론 그것을 가만히 둘 검은 진주가 아니다. 검은 진주는 손을 흩뿌렸는데, 흩뿌린 손에서 검은 연기가 뿜어져 나왔다.

경식 역시 당해본 적이 있는 공격.

저것에 스치기만 해도 힘이 쭉 빠지고 의욕이 없어지고 만다.

경식은 검은 연기를 마검으로 베었다. 그러자 살아 있는 생명처럼 비명을 지르며 연기가 사라져 갔다.

일전에 이 연기를 만났을 때에는 베지 못했는데, 역시나 소울 에너지와 직접 부딪치자 사라져 버린다.

'좋았어!'

아리아와 가까워졌다. 검을 휘두르려 마법진 안으로 진입해 들어가려 했다.

하지만 마법진을 둘러싸고 있는 방어막이 문제였다.

그곳에 부딪치자 엄청난 반탄력을 느끼며 뒤로 물러나야만 했다.

"저걸 깨면 되는군."

경식이 달려들어 검을 휘둘렀다. 마검과 방어막이 서로 부딪치며 거센 소리가 울려 퍼졌다.

[클. 그 정도로는 어림도 없지.]

검은 진주의 말대로다. 방어막에는 흠집조차 가지 않았다. 경식은 다시금 검은 연기가 뿜어져 나오자 뒤로 물러날 수밖에 없었다.

"흐음. 그렇다면 다른 방법이 있지."

경식이 씩 웃으며 두 영혼에게 고속대화를 걸었다.

'너희의 힘을 빌려줘. 무슨 이야기를 하는지는 알고 있겠지?'

권한공유!

경식이 그렇게 말한 순간, 두 영혼이 씩 웃으며 자신의 기감을 경식의 기감과 연결하였다.

순간 그의 영혼 자체에 이물감이 잡혔다.

그것은 마치 몸에 무언가가 달라붙은 격이라 털어 내면 그만인 이물감이었다.

마치 주삿바늘 끝을 피부에 갖다 댄 것 같은 느낌이랄까?

[지금 느.끼는 이물감을 쳐내.지 말고 받아 들.여라. 조금 따.가울 수.도 있다.]

그 순간, 주삿바늘이 몸을 뚫는 듯한 느낌을 받았다. 물론 진짜 몸이 아니라 경식의 영혼에 직접 바늘을 꽂는 그런 느낌이 든다.

하지만 경식은 받아들였다.

곧 보라색의 소울에너지에 회색과 노란색이 덧씌워지며 요사스러운 아우라를 풍겨냈다.

그리고 출력 역시 부쩍 늘었다. 회색 바람과 붉은 어금니의 소울 에너지까지 함께 유입되었기 때문.

"후우!"

경식이 새로 얻은 힘으로 다시금 방어막 쪽으로 달려들었다.

또다시 검은 안개가 뿜어져 나왔고, 경식의 감각을 공유하던 회색 바람이 그것을 인지하고는 곧바로 거들었다.

[취이익! 기운을 뿌리침! 뿌리치면 그것이 날아가 저 녀석

에게 일침!]

그와 동시에 마검에 묻어나오던 기운의 색깔이 회색으로 변하였다.

경식이 그것을 휘둘렀다.

쓰앙!

마검에 있던 소울 에너지가 회색의 충격파가 되어 앞으로 쏘아져 나갔다. 그러자 회색 안개가 쭉 밀려났다. 충격파가 된 마검이 방어막을 때렸다.

꽈지지직!

거대한 울림!

그것을 확인한 검은 진주의 눈썹이 찌푸려졌다.

[네놈에게 사용할 심력은 없단 말이다! 나를 방해하지 마라!]

그러고는 한쪽 손을 경식에게 겨누었다. 그러자 예의 그 검은색 광선이 뿜어져 나왔다.

이번엔 붉은 어금니가 거들었다.

[저것에 맞.서라. 검.면 쪽으로 세워!]

순간 검에 서린 소울 에너지의 색깔이 샛노랗게 변하더니 검면 쪽으로 얇게 펴졌다.

검날이 아니라 검면 쪽을 앞으로 하면 훌륭한 방패가 될 것 같았다.

그리고 그렇게 되었다.

째애애앵!

검면을 둘러싸고 있는 샛노란 소울에너지가 광선에 의해 타들어 갔다. 하지만 타들어 가는 속도만큼 소울에너지가 자체적으로 재생을 거듭했다.

붉은 어금니의 능력이었다.

내구력이 투철한 건 아니다. 하지만 녹아내린 만큼 금방 복구한다. 그렇다면 이것은 내구력이 강한 것보다 더욱 무시무시한 방패가 된다.

"좋아!"

경식은 그대로 밀어붙였다. 강풍을 뚫고 앞으로 치달리는 듯한 저항이 느껴졌지만 참을 만했다.

탓!

경식이 검면을 방패처럼 앞으로 내민 상태 그대로 방어막과 부딪쳤다.

꽈지지지지짖!

방어막이 찢어지는 듯한 소리가 나며 경식의 발이 한 발자국 앞으로 나아갔다. 그것을 확인한 검은 진주가 이를 악물며 입술을 달싹거렸다.

그러자 투명하던 방어막이 검게 물들며 두터워졌다.

경식의 발이 뒤로 한 발자국 물러났다.

[귀찮게 되었군.]

검은 진주의 인상이 찌푸려졌다. 지금 검은 진주는 입구 쪽에서 진격해 들어오는 테르무그 공작과 아란츠를 저지하려고 감염시킨 기사단을 조종하는 중이었기 때문이다.

기사단의 심기를 조종하며 죽은 인원을 언데드로 만드는 작업 중에 갑자기 경식 일행이 난입하는 바람에 검은 진주 역시 곤욕스러운 상황이었던 것이다.

하지만 경식이 방어막을 뚫었으니, 급한 불부터 꺼야 했다.

[이익! 이제 조금밖에 남지 않았는데!]

검은 진주가 공작과 아란츠를 상대하던 힘을 약화시키고 경식에게 집중했다.

곧이어 허공에서 거대한 화염구 다섯 개가 생겨나더니 경식에게 순차적으로 떨어져 내렸다.

"……!"

이미 한 번의 일격으로 힘이 쭉 빠진 경식이 뒤로 물러났다. 그가 있던 자리에 화염구가 다섯 개가 박혔다.

바닥에 자리를 잡은 다섯 개의 화염구가 하나로 합쳐지더니 그곳에서 화염사슬 다섯 개가 경식에게로 날아왔다.

팡! 파팡! 파앙!

경식이 마검을 들어 그것을 막았다. 물론 붉은 어금니의 힘을 빌려 검을 방패로 만든 후였다.

하지만 사슬이 넓은 면적을 뱀처럼 휘감았다. 노란 검기가 재생하는 것보다 빠르게 사그라들며 몰라보게 방패의 크기가 작아졌다.

그리고 동시에 4개의 사슬이 경식에게로 날아왔다.

검을 놓지 않으면 큰일 나는 상황!

그때 네 개의 화살이 각각의 사슬에게로 날아갔다.

푸른 허무였다.

"여성을 해하진 못하지만 이런 것은 도와줄 수 있소."

"거참 정의로운 분이시로군!"

하지만 덕분에 살았다고 생각한 순간,

5개였던 사슬들이 얇아지더니 20개로 변하였다.

그 상황을 지켜보던 구미호가 인상을 찌푸렸다.

[완전 징그러워. 몸체가 동그란 촉수괴물 같아. 능욕물에서 나오는 그런……!]

"그런 것까지 이미 섭렵하지 말라고!"

경식이 검을 들어 촉수들을 쳐내며 앞으로 진격했다. 뒤에서는 푸른 허무가 촉수들을 쏘아 맞추며 엄호했다.

화살에 맞거나 검에 베인 화염의 촉수들이 파편이 되어 주변으로 흩뿌려졌다. 그 후 그것들은 점점 사라져 갔다.

하지만 검은 진주의 입가엔 미소가 짙어졌다.

[지옥 불기둥 소환!]

쿠아아아아아아!

파편들에서 불이 기둥처럼 치솟았다. 말 그대로 불기둥이 되었다. 수백 개의 파편들이 동시에 일어나자 그것 자체가 검은 진주와 경식 일행을 가로막는 장벽이 되었다.

"끄응."

경식은 이를 악물었다. 지금 눈앞의 검은 진주는 경식 일행을 죽이려고 하기보단, 방어에 치중하고 있었다.

시간을 끌기 위함이리라.

그리고 시간을 끌면 끌수록 100여 명의 처녀들은 점점 생기를 잃어 가고 있었다.

방어막의 색깔이 조금 전보다 검게 물들었다.

더욱 짙어진 방어막은 이미 반투명한 것을 넘어서, 검은 진주의 모습까지 보이지 않게 만들었다.

그리고 곧, 마법진 전체를 감싸던 반구형의 검은 방어막은 갑작스레 부피를 줄이더니, 검은 진주만을 방어하는 모양으로 형태를 변화시켰다.

그것은 마치 계란과도 같았다.

그와 동시에 불기둥 역시 사그라들었다.

약간의 정적.

"이때라도 공격을……!"

푸른 허무가 활시위를 당기려 할 때였다.

굳게 닫혀 있던 정문 쪽에서 쾅 하는 소리와 함께 두 인영 이 모습을 드러냈다.

바로 테르무그 공작과 그의 아들 아란츠였다.

"후우. 후! 후우우우……!"

아란츠는 가쁜 숨을 몰아쉬며 주변을 둘러봤다. 그리고 경식이 그랬던 것처럼 나체의 처녀들을 보고 대경실색 하였다.

"이게…… 이게 무슨!"

"……으음."

테르무그 공작은 암담하다는 듯 눈을 꾹 감았다.

결국 자신의 딸이 저지른 일.

모두 공작가가 감내해야 할 몫이기에 마음이 무거워진다.

게다가 공작은 검상에 의한 빈혈과 탈수로 인해, 자신의 몸조차 가누기 힘든 상황이었다.

충격을 받으니 그의 몸이 아란츠 쪽으로 크게 기울었다.

"아버지!"

"……힘이 드는구나."

"우선…… 쉬십시오. 쉬셔야 합니다. 쉬셔야 하는데……."

그제야 경식 일행을 발견한 아란츠가 크게 당황해 외쳤다.

"당신들이 이곳에 왜 있는 겁니까!"

경식은 상황이 급박한데도 변명을 해야만 하는 이 상황에 기분이 묘해졌다.

"어, 어쩌다 보니?"

변명이 궁색해졌다. 그리고 그런 변명을 하지 못할 만큼 상황은 급박했다.

경식이 주변을 환기하며 검은 알이 되어 버린 검은 진주를 가리켰다.

"아니 지금 그게 중요한 게 아니잖아요? 지금 저게 문젭니다!"

"저곳에…… 아리아가 있는 겁니까!"

"정확히는 그녀의 몸을 휘두르고 있는 검은 진주가 들어 있다오. 그러니 저것을 어서……."

푸른 허무가 그런 말을 하려고 할 때였다.

쩌적. 쩍.

계란 형태의 방어막에 스스로 금이 가기 시작했다.

그것을 본 푸른 허무가 이를 악물었다.

"늦었군."

그의 말대로 이미 늦어 버렸다.

방어막이 모두 깨지고, 그 안에서 검은 진주가 모습을 드러냈다.

그는 아리아의 모습을 하고 있었다.

전라의 그녀.

아란츠가 그것을 보고 빽 고함을 질렀다.

"아리아!"

그 말에, 검은 진주가 피식 웃었다.

[나는 아리아가 아니다. 그리고 검은 진주도 아니다. 나는…….]

그는 그리 말하며 뒤를 돌아봤다. 그곳엔 100여 명의 처녀들이 탈진해서 쓰러져 있었다.

저대로 놔두면 분명히 죽는다. 그 정도로 많은 생기를 빨렸다.

그는 그곳에 손을 뻗었다.

그러자 한 명의 처녀의 몸이 둥실 떠올랐다.

경식은 눈을 부릅떴다.

"슈아!"

"……."

슈아는 눈이 풀린 채, 허공을 날아 그에게로 다가가고 있었다.

경식은 검은 진주에게 다가가 마검을 휘두르려 했다.

하지만 검은 진주. 아니, 검은 진주도 아니게 된 존재가 손을 뻗어 그것을 저지했다.

그것만으로도 방어막이 형성되어 경식과 맞섰다.

경식은 비명을 지르며 뒤로 쭉 밀려났다.

조금 전보다 더욱 강한 반탄력에 손이 다 쩌릿쩌릿했다.

"슈아! 그곳에서 피해!"

그런 말을 해 봤자, 반쯤 눈이 풀린 슈아는 검은 존재의 코앞까지 다가가 있었다.

아리아의 몸을 입은 존재가 그런 슈아의 얼굴을 잡았다.

그리고 입을 맞추었다.

반쯤 풀려 있던 슈아의 눈이 크게 부릅떠졌다.

콰아아아아아.

검은 기류가 슈아의 몸속으로 빨려 들어갔다.

그것을 바라보는 푸른 허무의 눈이 와락 찌푸려졌다.

"그릇을 옮겨가는 과정이로군."

키스(?)에 적극적이던 아리아가 갑자기 힘을 풀었고, 반대로 소극적이던 슈아의 손이 아리아의 머리채를 잡고 적극적으로 변했다.

스으으으으읍.

기운을 빨아들이듯, 요염하게, 슈아는 아리아 속에 있던 기운을 뿌리째 빨아먹었다.

이윽고 아리아의 몸이 완전히 추욱 늘어졌다.

머리채를 잡고 아리아의 입술을 탐하던 슈아가 아리아의

머리채를 잡고 그녀를 들어 올렸다.

슈아의 눈이 번쩍 떠지며, 그곳에서 지옥의 무저갱에서나 느껴질 법한 소름 끼치는 귀광이 번뜩인다.

그리고 말한다.

[최초의 8서클 대마도사. 이 세상에 마계의 문을 열었던 유일한 인간. 내 이름은…….]

슈아. 아니, 슈아에게 들어간 존재가 빙긋 웃으며 말했다.

[흑마도사, 케헤다.]

*　　　*　　　*

[흐으으으음.]

케헤는 숨을 깊게 몰아쉬었다.

[상쾌하구나. 이 세상의 공기를 얼마 만에 마셔보는지 모른다.]

슈아의 몸을 빌려 세상에 나온 케헤는, 눈을 감고 자신의 기억을 되짚더니 역겨운 듯 인상을 찌푸렸다.

[내 후생이 나를 깨우려고 어리석은 짓을 다 했구나. 처녀 92명이라니…….]

케헤는 슬프다는 듯 울상을 지었다. 그것은 말 그대로 무고한 살생으로 인해 슬퍼하는 소녀의 표정이었다.

'분위기가…… 바뀌었다.'

아무래도 케헤라는 영혼은, 검은 진주 때와 성격이 전혀 다른 것 같았다. 경식은 어쩌면 말이 통할지도 모르겠다고 생각했다.

하지만 케헤의 다음 말에 그 기대는 산산이 부서졌다.

[나라면 50명으로도 충분히 가능했을 텐데. 무고한 희생을 해버렸어. 그것들을 더 훌륭한 곳에 쓸 수 있었을 텐데.]

"……."

케헤는 자신이 아닌 검은 진주가 자행하여 행해진 의식에 42명의 처녀가 소진되어 안타까워하고 있었다.

처녀들을 '생명'이 아니라 '연료' 쯤으로 생각하고 있는 것이다. 한국식으로 따지면 연비가 안 좋다며 투덜거리는 것과 같은 이치다.

아주 가벼운 투덜거림과 안타까움.

그것이 처녀들을 대하는 케헤의 자세였다.

빠드득.

경식은 절로 이가 갈리는 것을 느꼈다.

지금 눈앞의 흑마법사 케헤.

그는 조금 전 검은 진주와 전혀 다른 인물이고, 또한 검은 진주보다 훨씬 강력한 적임에 분명했다.

[흐음…….]

세상에 처음 나온 감상을 말한 케헤가 주변을 둘러봤다. 그러고는 테르무그 공작과 아란츠를 보며 빙긋 웃는다.

[검은 진주 속에서 어렴풋이나마 상황을 인지하고 있었지. 너희는 빌어먹을 그란츠의 자손들이로구나.]

"⋯⋯!"

케헤가 빙긋 웃으며, 자신이 둥실 떠 있는 마법진의 정 중앙에 박혀 있는 주먹만한 검은색 구체를 응시했다.

[그리고 이건⋯⋯ 그란츠의 드래곤 하트. 내가 그토록 원하던 것. 이제 이걸 꺼내면 되겠어. 얼추⋯⋯.]

케헤는 뒤를 돌아보며 남아 있는 처녀들을 흘깃, 훑었다. 그는 잠시 처녀들의 기운을 가늠하더니, 고개를 끄덕였다.

[하나 정도는 없어도 되겠네. 신분 말고는 아무짝에도 쓸모없던 쓰레기 같은 껍데기 하나쯤은.]

그리 말하더니, 오른손으로 머리채를 잡고 있던 아리아를 바라봤다.

아리아는 정신을 차렸는지, 흔들리는 눈으로 슈아의 몸을 입고 있는 케헤를 바라본다.

케헤는 그런 아리아가 꼴도 보기 싫다는 듯 혀를 끌끌 차더니 왼손을 들어 올리며 외쳤다.

[마족의 창!]

촤아아아!

곧이어 무음 캐스팅과 함께 허공에서 새카만 창 한 자루가 생겨났다. 그것은 허공에서 주인의 명령을 들을 준비를 끝마치고 있었다.

케헤는 당황스러워 하고 있는 테르무그 공작과 아란츠를 바라보며 말했다.

[이거 찾으러왔었지?]

가져가.

화악!

케헤가 아리아를 둘이 있는 곳으로 던졌다. 아리아는 실 끊어진 인형처럼 아무런 저항 없이 날아갔다. 그리고 검은 장창은 그런 아리아의 심장을 향해 날아들었다.

누가 봐도 아리아가 땅에 떨어지는 것보다 심장이 창에 꿰뚫리는 게 더 빨라 보였다.

"아리아아아아아!"

테르무그 공작이 말릴 새도 없었다.

아란츠가 튕기듯 몸을 날려 아리아에게 다가가 그녀의 몸을 감쌌다.

푸학!

검은 창은 아란츠와 아리아의 몸을 한꺼번에 꿰뚫고는 바닥에 비스듬히 박혔다.

쾅!

"아들아아아아!"

테르무그 공작이 절규하며 아란츠의 몸을 흔들었다. 아란츠의 아랫배에 꽂힌 장창은 아리아의 심장을 정확히 꿰뚫고 있었다.

아란츠는 자신이 당한 것도 모르고 아리아의 상세를 살폈다.

"괘……괜찮다. 지금 당장 신관에게 가면……."

"오빠…… 미안해."

"말을 아껴라. 말을……!"

"그리고…… 사랑해. 지금도…… 많이……."

평생 금기의 사랑에 시달리며 악마와도 같은 자와 손을 잡고 끔찍한 일을 일삼던 기구한 소녀의 최후는 참혹했다.

숨이 끊어진 동생을 보는 아란츠의 눈가에 눈물이 맺혔다.

"나도…… 나도 너를 사랑했다. 나도…… 나도 너를……."

아란츠가 그 말을 끝으로 정신을 잃고 쓰러졌다. 긴장이 풀린 상태에서 배가 뚫리니 견뎌낼 재간이 없었다.

털썩.

"……."

순식간에 딸의 죽음과 아들의 실신을 목도한 테르무그 공작의 메마른 눈가에도, 기어코 울분이 담긴 이슬이 차올랐다.

"크으…… 크흐흐으……!"

웃는 듯 우는 흐느낌.

그는 들고 있던 검에 오러를 잔뜩 주입한 채 앞으로 치달려 갔다.

케헤가 픽 웃으며 양손을 합쳤다.

그리고 곧 검은 기운이 날아가 테르무그 공작을 덮쳤다.

테르무그 공작은 그것에 저항하려 했지만, 피부 사이로 스며드는 검은 기운에 곧이어 몸이 축 늘어졌다.

굳이 아리아를 잔인하게 죽인 것은 테르무그 공작의 굳건한 심지를 꺾으려는 수작이었고, 완벽히 성공하였다.

[시종일관 침착하던 너도 별거 없구나.]

빙글빙글 웃던 케헤가 눈을 감고 더더욱 주문을 심화시켰다. 그러자 등 뒤에서 들려오던 처녀들의 비명 소리가 멎고, 대신 픽픽 쓰러지는 소리가 들려 왔다.

죽어 가고 있는 것이었다.

"크악. 끄아아아아악!"

곧 테르무그 공작이 눈을 까뒤집으며 비명을 질러 댔다. 그리고 그 비명이 멎은 순간,

그는 케헤의 꼭두각시 인형 그 이상도 그 이하도 아니게 되었다.

　　　　*　　　*　　　*

　우르릉!

　테르무그의 검에서 오러 블레이드가 뿜어져 나왔다.

　조금 전 푸르던 색깔은 온데간데없었다. 모든 것을 집어 삼킬 것 같은 짙은 검은색의 오러가 그곳에 있었다.

　케헤는 손을 들어 경식 일행을 가리며 테르무그 공작에게 명령했다.

　[내가 이거 적출하는 동안 저들을 막아. 죽여도 좋아.]

　"……."

　경식은 설마 했다. 지금껏 보아 온 테르무그 공작은 무정하다 싶을 정도로 메마른 인간이었지만, 그런 철벽같은 성격 이상으로 강력한 정신력을 가진 위인이었다.

　그런 위인이 심령을 제압당했다는 것이 믿겨지지 않았다.

　하지만 아무리 철혈의 공작이라도, 딸이 죽고 아들이 죽어 가는 상황은 그의 정신을 피폐하게 만들기에 충분하고도 남음이 있었던 모양이다.

　덕분에 경식은 제국을 떠받치는 소드 마스터 중 한 명과 검을 섞어야 하는 상황이 와버렸다.

　"젠장!"

　경식이 마검을 들어 자신을 베어 오는 공작의 검에 맞섰다. 그의 마검에는 샛노란 소울 에너지가 쭈욱 늘어져서 방패처럼 되었다. 그것과 테르무그 공작의 검은 오러 검이 부딪쳤다.

콰쾅!

모름지기 오러라는 것은 베지 못할 것이 없다. 같은 오러가 아니라면 방어 자체가 불가능하고, 웬만한 마법 역시 오러에 닿으면 이루어진 술식이 풀어 헤쳐져서 무효화되기 십상이다.

하지만 그것은 적어도 에리오르슈 가문의 사람들에겐 통하지 않는 말이다.

영혼이 뿜어내는 부산물이 마나이고, 오러는 그 마나가 극도로 압축된 결과물이다.

하지만 소울 에너지는 말 그대로 영혼의 원천이 되는 힘.

베지 못할 것이 없던 오러가 경식의 검을 베지 못하고 대치했다.

쫘작!

공작과 경식이 한 발자국씩 뒤로 물러났다. 공작의 검은 멀쩡했고, 경식의 소울 에너지는 많이 깎였지만 다시금 재생되기 시작했다.

"크으!"

마검에 씌어있던 소울 에너지의 색깔이 회색으로 바뀌었

다.

곧 검을 뿌리치자 충격파가 섞인 회색의 검기가 테르무그 공작에게로 날아갔다.

테르무그 공작의 몸이 기민하게 움직이며 그것을 피한 후, 뱀처럼 움직여 경식에게 다시금 검을 휘둘러 갔다.

검과 검이 섞이는 와중에 경식은 손발이 어지러워지는 것을 느끼며 생각했다.

'상대가 안 된다.'

오러를 뽑아낼 수 있다고 해서 소드 마스터라는 칭호를 받는 것은 아니다. 수십 년간 검을 휘둘러 오며 체득한 검술의 노련함과 경험은, 검을 쥔 지 고작 몇 달밖에 되지 않은 경식을 현저하게 넘어서고 있었다.

경식이 커버하기도 전에 도달한 테르무그 공작의 검이 그의 옆구리를 스치고 지나가려 했다.

물론 그것을 가만히 두고 볼 두 영혼이 아니었다.

경식의 옆구리 쪽에 회색 소울 아머가 처지며 은밀히 들어오는 검을 막았다.

쩡!

하지만 부딪치는 충격은 소드 마스터의 육체가 얼마나 대단한 것인지 단번에 알게 해 줄 만큼 거대했다.

"상대가 안 되잖아."

"그래도 어쩌겠소. 내가 어떻게 할 때까지 버텨야지."

푸른 허무가 경식을 바라보며 혀를 끌끌 찼다. 경식의 검술은 딱 '초보 티를 벗어난' 것밖에 되지 않았다. 그런 검술로 소드 마스터와 맞닥뜨리니 어린아이가 어른을 상대하는 것만큼이나 무모해 보인다.

그것을 보며, 푸른 허무는 경각심을 느낀다.

"역시 내가 해야 할 일을 해야겠군."

푸른 허무가 할 일.

그것은 바로 인류의 구원보다 소중한 것.

바로 저 미친 마법사 뒤에 있는 백여 명의 처녀를 구하는 일이었다.

"처녀들이야말로 이 세상의 희망이라오."

케헤와 처녀들을 이어주는 기운을 끊어야 했다. 그러려면 조금 전보다 두껍게 처진 방어막을 어떻게든 뚫어야 한다.

푸른 허무는 란시아에게 미안한 어조로 말했다

"레이디. 미안하지만 당신의 물건이 되어 버린 나의 활을 잠시 주었으면 합니다."

멍하니 이 아비규환을 보고 있던 란시아가 화들짝 놀라며 되물었다.

"활? 그런 게 있었어?"

"지금 그 탄탄하고 요염한 허리에 차고 계시지요."

푸른 허무의 말에, 란시아가 자신의 마법 검을 들어 올리며 말했다.

"이거?"

"그렇습니다."

"이게 활이라고?"

"시간이 없습니다, 나의 레이디여."

란시아가 얼떨떨한 표정을 지으며 푸른 허무에게 자신의 검을 넘겨주었다. 본래의 주인이 물건을 손에 쥐자, 마법 검. 아니, 활이 우우웅― 하고 울음을 토해 내더니 위쪽과 아래쪽에서 광선을 뿜어냈다.

란시아가 내뿜을 때처럼 황금색이 아닌, 반짝이는 푸른색의 빛이었다.

푸른빛은 아래위로 1미터가량 솟아오르더니, 곧게 휘어졌다. 그리고 그 끝과 끝을 이어주는 실선이 그려졌다.

란시아는 믿을 수 없는 표정이 되었다.

"이게 활이었어!?"

"사용법을 잘 확인하십시오. 이제 사용을 할 것입니다."

푸른 허무는 그런 말을 하며 줄 모양의 광선 가운데 부분을 집고 쭈욱 끌어당겼다.

그러자 푸른 창 모양의 광선이 생겨나더니 화살처럼 걸렸다.

그것을 놓자 말 그대로 한 줄기의 빛이 빠르게 앞으로 쏘아져 나갔다.

쭈아아앙!

그것이 케헤가 쳐 놓은 쉴드에 맞더니 햇빛처럼 산란하여 사라졌다.

잔뜩 기대를 하고 있던 란시아가 맥이 탁 풀리는지 소리쳤다.

"통하지 않잖아!"

"영점사격이었습니다. 오랜만에 손에 쥔 파트너이다 보니."

푸른 허무의 빙글빙글 웃던 얼굴이 대번 진지해졌다.

광선 줄이 다시금 당겨지자,

이번엔 남색의 광선이 생겨나와 화살처럼 재워졌다.

그리고 그 화살 끝에 푸른 기운이 스며들더니 룬어가 되었다.

쓰인 룬어의 뜻은, '꿰뚫다.' 였다.

추아아악!

바람을 동반한 화살이 허공을 격하여 방어막을 때렸다.

이번 화살은 산란하지 않고 케헤의 방어막과 대립하였다.

케헤의 방어막이 눈에 띠게 흔들린다.

하지만 케헤의 입가엔 미소가 짙어진다.

[성질 변형.]

그 한마디가 끝나기가 무섭게 화살과 대립하던 방어막이 뒤로 쭉 밀려나더니 고무처럼 탄성이 생겨 그 화살을 튕겨 내 버렸다.

"……어이가 없군."

마법을 조금 안다고 자부하는 푸른 허무였다. 그런데 단단하기만 해야 하는 방어막의 성질이 고무처럼 바뀐다는 것은 금시초문이었다.

"그렇다면."

그의 손이 보이지 않을 정도로 빨라졌다.

일전에 경식과 각을 세울 때 보여 주었던 스피드 샷이었다.

1초에 10발이 넘는 광선화살이 한 곳을 향해 날아갔다.

가벼운 화살이지만, 자잘하게 떨어지는 물방울에 바위는 언젠가 깨어지고 모래가 되어 사라진다.

그것이 1초에 10발씩 내리꽂히자 장대비가 가로로 내리는 듯한 착각이 들 정도였다.

그것이 방어막을 거세게 때렸다.

파방! 파바바방! 파방파방! 파방!!

하지만 결과는 마찬가지였다.

아무리 화살을 한 점에 몰아서 쏜다고 해도 마찬가지였다. 이미 탄성이 생긴 방어막은 그 모든 것들을 전부 소화해

내고 있었다.

1분여의 시간 동안 600발이 넘는 화살을 토해 낸 푸른 허무가 이를 악물었다.

"더!"

그의 손이 조금 더 빨라졌다.

1초에 12개가 넘는 화살이 30초간 쏟아졌다.

총 960개의 화살은 방어막을 계속해서 찌르고 들어갔다. 그것은 마치 연어들이 폭포를 거꾸로 거슬러 오르는 것만 같은 역동감을 주었다.

말 그대로 장관이었다.

그리고 탄성을 가진 방어막이 끝끝내 화살들에게 찢겨지려고 했다.

앞으로 100발 정도만 더 화살을 뽑아낸다면 충분히 방어막을 찢어발길 수 있을 것 같았다.

하지만.

'앞으로 100발이거늘⋯⋯.'

푸른 허무는 활질을 멈추고 뒤로 물러나다가 털썩 주저앉았다. 그의 손은 덜덜 떨리고 있었고 기껏 작동시킨 그의 성명병기 역시 양쪽 1미터였던 길이가 30센티로 줄어들어 있었다.

"한계로군."

나름 괜찮은 그릇을 잘 구했다고 생각했는데, 역시 인간의 그릇은 인간의 그릇이었다. 이 그릇으로 할 수 있는 일에는 한계가 있었다.

"결국 헛수고였던가."

털썩—

털썩—

털썩—

　지금 이러는 와중에도 처녀들이 하나둘 쓰러져가고 있었다.

"이런 와중에 나는…… 할 수 있는 게 없구나."

　그가 좌절하고 있을 때, 옆에서 당하고만 있던 경식이 마검으로 공작을 밀쳐내며 비명에 가까운 짜증을 부렸다.

"진짜 미치도록 검을 잘 쓰네."

　아무리 그가 마검을 들고 있고 마검을 휘둘러 와서 남들보다 많은 경험치가 쌓였다지만, 소드마스터의 검놀림에는 범접하지 못한다.

　소드마스터란 그런 존재였다.

　그나마 소울 에너지가 오러보다 상위 에너지라는 사실과 회색 바람. 붉은 어금니의 도움이 있기 때문에 이 정도라도 버티고 있는 것이다.

　하지만 더 이상 버티는 건 어려웠다. 그것이야말로 케헤가 원하는 것이기 때문이었다.

'모두들 이상하게 들릴지도 모르지만, 내 명령에 따라줬으면 해.'

경식은 두 영혼과의 연결을 끊었다. 그러자 마검에 깃든 소울 에너지가 다시금 보랏빛으로 물들었다.

곧이어 무표정의 테르무그 공작이 검을 들어 달려들었다. 경식은 그것을 막은 채, 자신의 소울 에너지가 2단계에 접어들어 가지게 된 성질을 이용했다.

바로 폭발이었다.

콰앙!

강한 폭발이다.

하지만 소드 마스터인 테르무그 공작에게는 아무런 타격도 주지 못했다. 그나마 폭발로 인해 뒤로 쭉 밀려나간 것이 이번 일격의 성과였다.

그리고 경식이 노린 것은 단지 그것뿐이었다.

테르무그 공작이 뒤로 밀려났고, 경식은 이제까지와는 다른 행동을 보였다.

물러서서 전열을 가다듬지 않고 테르무그에게 치달린 것이다.

"으아아아!"

치달리는 경식의 눈은 회색과 노란색의 오드아이가 되어

있었다.

그의 몸은 이미 회황색의 소울아머가 가득 스며들어 있었다.

경식이 검을 휘둘렀지만, 당연하게도 테르무그 공작은 그 검을 교묘하게 피하여 자신의 검을 경식의 몸으로 밀어 넣었다.

푸하악!

"끄으으윽!"

워낙 강력한 오러였기 때문에 검이 경식의 배를 반이나 뚫었지만, 그 이상 진행되지는 않았다. 그리고 붉은 어금니의 기운이 베인 부분을 급격하게 수복해 나갔다.

결국, 경식은 배의 상처로 테르무그의 검을 '붙잡은' 상태가 되어 버렸다.

이제 테르무그가 검에서 손을 떼지 않는 이상 경식의 품에서 벗어나지 못한다고 봐도 좋았다.

"흐아아아아아!"

경식이 마검을 들어 테르무그 공작의 배에 찔러 넣었다.

테르무그 공작의 눈동자에서 귀기가 어렸다. 그는 검을 쥐고 있던 양손 중 오른손으로 마검을 꽉 움켜쥐었다.

그의 손에는 역시 검은 오러가 진득하게 배어나와 있었다.

테르무그 공작은 검이 아닌 몸체에도 오러 사용이 가능한 상급 소드 마스터였다.

하지만 경식 역시 이런 상황을 예상하지 못한 바는 아니다.

경식은 회색 바람과 붉은 어금니에게 고속대화로 명령했다.

'둘이 동시에 나에게 힘을 밀어 넣어!'

[……!]

두 영혼은 두말할 것도 없이 경식의 말에 따랐다.

그들의 모든 소울 에너지가 경식에게로 빠르게 유입되었다.

그것을 유입 받는 경식은 온몸이 터져 나갈 것 같은 느낌마저 들었다.

"으아아아아!"

경식은 자신의 소울 에너지와 두 영혼의 소울 에너지를 한데 섞은 후 마검으로 밀어 넣었다.

마검에 씌워진 소울 에너지가 본래의 보라색보다 2배는 짙고 끈적끈적해졌다.

그리고 그 힘은, 마검을 넘어서 마검을 꽉 쥐고 있는 테르무그 공작의 손에까지 침습해 들어가기 시작했다.

마검과 맞닿아 있는 공작에게 기운을 '주입' 한 것이었다.

테르무그 공작의 손이 녹아들었다.

마검이 테르무그 공작의 옆구리를 정확히 관통했다.

"크흐!"

악다물고 있던 테르무그 공작의 입에서 죽은피가 왈칵 흘러나왔다.

경식이 비명을 지르며 밀어붙였다.

"끄아아아아아아아!"

테르무그 공작의 몸이 위로 떠오르며 경식이 달려가는 곳으로 같이 끌려 들어갔다.

경식이 돌진해 들어가는 곳에는 푸른 허무가 뚫지 못했던 케헤의 방어막이 굳건하게 버티고 서 있었다.

그리고 마검 끝이 방어막에 맞닿았다.

쑤으으으응!

방어막은 푸른 허무의 화살을 튕겨낼 때처럼 탄력을 발휘하여 뒤로 쭉 늘어졌다.

하지만 경식은 그것에 굴하지 않았다.

경식과 영혼끼리의 고속대화가 이어졌다.

'너희의 기운 전부를 한 번에 줘. 그러지 않으면 안 돼!'

[취익! 이유 모른다. 하지만 하라니 한다! 취이이익!]

[톨톨톨톨!]

두 영혼이 경식에게 자신의 기운을 한꺼번에 주입했다.

조금 전. 처음 섞였을 때처럼 경식의 보랏빛 기운에 회색과 샛노란 기운이 섞이며 조금 더 짙은 보랏빛이 되었다.

그리고 그 기운이 방어막에 스며든다.

경식은 그 상태로, 조금 전 벽을 깨부술 때처럼 상상했다.

폭발할 거라고.

그리고 기운이 폭발한다.

회색 바람의 힘을 빌어 단단해진 소울 에너지인 만큼, 그 폭발력은 조금 전보다 족히 2배는 강력했다.

꽈아앙!

하지만 폭발을 일으킨 소울 에너지는 흩어지지 않았다. 붉은 어금니의 힘으로 인해 다시금 재생했다.

그리고 또 폭발한다.

꽈쾅!

그 폭발의 여파로 인해 또다시 소울 에너지에 금이 갔다.

애석하게도 회복하는 힘보다 폭발하는 힘이 크다.

또다시 폭발한다.

꽈앙!

이젠 형태를 되살릴 수 없을 정도로 기운의 입자가 작게 변했다.

예를 들자면 금이 갈 데로 간. 형태만 간신히 유지하고 있는 방탄유리다.

그리고 마지막 폭발.

콰아아앙!

원래는 흩어져야 정상인 소울 에너지가 회색 바람의 힘으로 단단해짐으로써, 껍질처럼 날카로운 파편을 튀겼다.

그리고 붉은 어금니의 힘이 깃들어있어, 아직 재생의 힘이 남아 있었다.

덕분에 폭발하고서도 경식이 그 파편을 통제할 수 있었다.

또다시 폭발이 방사형으로 일어났다.

콰과과광!

총 5번의 폭발.

그 폭발은 불과 1초 만에 일어났다.

1초에 5번. 폭발할 때마다 더욱 거대한 힘으로 폭발했다.

방어막은 단단했지만, 그 엄청난 폭발을 견디기엔 부족했다.

방어막이 종잇장처럼 찢어발겨졌다.

찌이이익!

질기디질긴 가죽이 찢어지는 듯한 소리. 그리고 그 후에는 테르무그 공작의 몸이 천장으로 튕겨져 나가는 소리가 들려왔다.

"흐아!"

[……어떻게 이럴 수가!]

케헤가 눈을 부릅뜨며 뒤로 물러났다. 말 그대로 케헤는 무방비 상태였다.

경식이 그것을 가만히 둘 리 없었다.

마검을 높이 추켜들고는 케헤가 있는 곳으로 날듯이 뛰어들었다.

[가소롭군.]

놀란 척을 하던 케헤의 손에서 이 세상의 것이 아닌 에너지의 바람이 몰아닥쳤다.

아케인 블레스터!

그것은 무형의 안개와도 같았는데, 그것에 닿는 공기가 타들어 가는 것이 기감으로 느껴졌다.

저것에 닿으면 위험했다.

하지만 경식 역시 마검 하나에 의지해서 케헤를 제압하려던 것은 아니었다.

경식의 입꼬리 역시 씩 말려 올라갔다.

그리고 그의 입에서 두 영혼의 진명이 터져 나왔다.

=태론!

콰아아아!

그의 등 뒤에서 거대한 트롤의 상반신이 튀어나와 양손으로 경식의 몸을 끌어안았다.

경식의 몸이 감싸졌고, 모든 것을 분쇄하는 아케인 블레스터는, 그 트롤의 상반신을 분쇄해 나갔다.

하지만 재생한다.

분쇄한 만큼은 아니지만 분명히 재생하고 있었다.

테론을 방패막이 삼은 경식이 앞으로 더욱 달려들었다.

그리고 외친다.

=안트!

쓰아아앙!

등 뒤에서는 또다시 거대한 상반신이 튀어나왔다. 이번에는 피부 표면이 회색 나무껍질과도 같은 오크였다.

크르!

그 오크. 안트는 회색 눈을 빛내며 케헤의 양손을 붙잡으려 했다. 하지만 그것을 곧이곧대로 당할 케헤도 아니었다.

블링크!

케헤의 모습이 사라지더니, 순식간에 5미터 뒤에서 나타났다. 그러고는 다시금 입을 달싹이며 캐스팅을 시작했다.

하지만 경식 역시 그것을 예상하고 있었다.

=음흉한 놈!

그 말에 안트가 고개를 끄덕이며 온몸에서 충격파를 뿜어내었다.

충격파는 무형이 아니다. 무형이었으면 그것에 닿는 것이 타격을 받지도 않았을 것이다.

충격파는 유형의 물질. 하지만 무형처럼 느껴지는 물질

이다.

수증기.

그리고 태론은 그 수증기를 자유자재로 취합할 수 있는 능력을 가졌다.

안트가 뿜어낸 거대한 수증기를 태론이 취합했다.

경식은 이미 마검을 양손에 쥐고 투수의 공을 기다리는 타자의 자세가 되어 목표인 케헤를 바라보고 있었다.

케헤와 눈이 마주쳤다.

케헤는 지금 경식이 무엇을 하려는지 모르고 있다.

하지만 경식의 앞에는 이미 수증기의 결정체로 이루어진 구체가 떠 있었다.

날아오는 공도 아니고, 공중에 둥실 떠오른 채 고정되어 있는 구체다.

경식의 보라색 방망이(?)가 그것을 때렸다.

홈런임이 분명했다.

그리고 표적은 다름 아닌 당황스러워하는 케헤의 얼굴이었다.

까앙!

마검이 구체를 가격하자, 구체가 케헤가 있는 쪽으로 빠르게 날아갔다.

입술을 달싹거리고 있던 케헤는 당황한 나머지 뒤로 물러났다. 블링크를 사용하기엔 시간이 조금 더 필요하다.

지금 케헤가 할 수 있는 것이라곤, 양손으로 머리 쪽을 가드하며 눈을 질끈 감는, 지극히 인간적인 움직임밖에 할 수 없었다. 하지만 아픔은 찾아오지 않았다.

대신에 다가온 경식이 케헤의 양손을 붙잡고, 등 뒤에서 두 마리의 거한이 케헤의 양 발과 허리를 꽉 붙잡았다.

경식이 케헤를 노려보며 피식 웃었다.

=내가 내 소중한 동생을 공격해서 죽일 만큼 개새끼로 보이냐?

수증기를 응축했던 것처럼 한번에 폭발시킬 수도, 이렇게 허공에 붙들어둘 수도 있는 것이 태론의 편리한 능력이었다.

[…….]

ㅎㅇㅇㅇㅇㅇ웁.

경식이 숨을 크게 들이쉰 후 소리쳤다.

=당장 내 동생에게서 떨어지지 못해!

[……!]

경식의 눈동자가 케헤를 노려본 순간, 케헤는 심령을 제압당하는 듯한 느낌을 받았다.

어쩔 수 없다.

그가 살아생전 아무리 대단한 인간이었어도, 이렇게 몸이 제압당한 상태에선 힘을 쓸 수가 없었다. 경식, 즉, 에리오르슈 가문의 핏줄들은 영혼의 제압이 가능했기 때문이었다.

이대로 버티다간 경식의 여우구슬 안에 강제로 갇히게 생겼으니, 케헤는 '슈아'라는 훌륭한 그릇에서 빠져나올 수밖에 없었다.

케헤가 하늘을 바라보더니 입을 쩍 벌렸다.

그곳에서는 굴뚝에서 뿜어져 나오는 것처럼 시꺼먼 연기가 빠져나와 한곳에 뭉쳤다.

다름 아닌 케헤의 영혼이었다.

케헤를 제압하는 데, 경식이 성공한 것이다.

"후우."

하지만 이쯤에서 포기할 케헤가 아니었다.

케헤는 영혼 상태임에도 굴하지 않고 또 다른 그릇을 향해 쇄도했다.

그것은 다름 아닌, 정신을 잃은 아란츠의 몸이었다.

"어딜!"

그때, 회복한 푸른 허무가 활시위를 당겨 케헤의 영혼으로 쏘아 보냈다.

파앙!

[끄으으읏!]

평소라면 몰라도, 약해질 대로 약해진 지금 상황에서 화살에 적중 당하자 소멸에 가까운 타격을 입었다. 케헤가 결국 허공에서 숨을 헐떡거렸다.

[미친. 오라는 놈은 안 오고 애먼 놈이 와서…… 이런 행패를 부리다니!]

=그건 또 무슨 말이래? 지금 이건 누가 봐도 네가 행패를 부리고 있는 거잖아?

경식은 이를 악물며 앞으로 한 발자국 다가갔다. 그러자 케헤의 영혼이 허공에서 뒤로 물러난다.

지켜보고 있던 구미호가 이를 악물었다.

[솔직히 나도 네 심정 이해하는 데, 어쩔 수 없잖아? 받아들이는 수밖에.]

지금 경식이 곧바로 케헤를 흡수하지 않는 데에는 다 이유가 있었다.

이유라곤 별거 없다.

그냥 꺼림칙해서이다.

마음에 들지 않아서이다.

친구가 될 수 없을 것 같아서이다.

저 추악한 녀석을 받아들이는 것도 싫고, 저 추악한 소울 에너지를 받아서 사용하기도 싫었다.

지금은 받아들이기만 했을 뿐, 사용하지 못하는 투마라는 녀석과는 또 다른 꺼림칙함이다.

투마를 흡수할 때도 꺼림칙했지만, 지금처럼은 아니었다.

지금은 마치 쓰레기를 주워 먹는 느낌마저 들었다.

"……하아."

경식은 한참을 망설인 끝에, 앞으로 한 발자국 걸어갔다.

"아무리 싫어도, 난 네놈을 흡수해야 된다."

케헤가 뒤로 물러나며 불안에 떨었다.

[지긋지긋한 후생을 벗어던지고 겨우 내 모습을 찾았는데…… 이렇게 갈 순…… 없다. 없어!]

하지만 그것은 발악일 뿐, 숨겨 둔 한 수가 나오지는 않았다.

[왜 없느냐. 왜! 내가 그리도 불렀는데, 부른 녀석은 오지를 않고 애먼 녀석이 와서…… 도대체가!]

"아까부터 무슨 말을 하는 건지 도통 모르겠네."

경식은 이미 마음을 굳혔다.

케헤에게 다가가, 손을 내밀었다.

그 손이 닿으면, 케헤는 경식에게로 빨려 들어가게 된다.

몇 초 후면 케헤는 경식에게 흡수된다.

이 상황도 얼추 끝나는 것이다.

하지만 그렇게 되지 않았다.

"이거, 주인공은 정말 늦게 도착하는 법이야, 그렇지?"

익숙한 목소리가 등 뒤에서 들려 왔다.

경식이 눈을 부릅뜨며 뒤를 돌아보기도 전에, 목소리의 주인공이 경식에게로 다가와 그 차가운 손을 경식의 뱃속 깊숙이 집어넣었다.

푸아아악!

"끄어억!"

경식은 믿기지 않는 눈길로 자신의 배를 뚫고, 얼린 대상을 노려보았다.

알스가 빙글빙글 웃으며 그런 경식에게 인사했다.

"인사가 먼저여야 하는데, 손이 먼저 나갔네?"

"……!"

"너무 반가워서 말이야."

경식은 터뜨리지 않았던 충격파 구체를 알스가 있는 곳으로 이동시킨 후 폭발시키려 했다.

알스가 그것을 확인한 후 아쉬운 듯 어깨를 으쓱이며 경식의 배에서 손을 빼고 뒤로 물러났다.

곧이어 폭발이 일어났다.

콰콰콰쾅!

경식이 그 반동으로 뒤로 물러났고, 그것은 알스 역시 마찬가지다.

알스가 돌아오자, 테카르탄이 특유의 무표정과 높낮이가 없는 어투로 물었다.

"이제 몸은 괜찮으십니까."

"아아, 덕분에? 또다시 먹힐 뻔했어. 하마터면 큰일 날 뻔했지 뭐야."

"제이크는 강합니다."

"그렇더라. 그런데 왜 안 죽였어?"

"그런 반문이 제이크는……"

"너답지 않게 감성적이었어, 알아? 네가 감성적일 확률은 십 중 무! 아니었어?"

"……"

테카르탄이 입을 꾹 다물었다.

알스가 어깨를 으쓱이며, 특유의 유들유들한 웃음을 지으며 경식에게 손을 흔들어 보였다.

"안녕?"

"쿨럭!"

경식은 이미 힘을 모두 소진한 상태에서 얼음송곳 같은 알스의 일격에 당한 터라, 정신이 하나도 없었다. 붉은 어금니의 힘을 빌어 몸의 상처는 회복되어 가고 있긴 하지만, 그 충격과 극심한 소울 에너지의 고갈이 앞으로 일어날 절망을 예고하고 있을 뿐이었다.

알스는 경식이 인사를 받지 않자 얼굴이 부쩍 굳어버렸다.

"어차피 죽일 놈이라지만 더욱 열심히 죽이고 싶어지는군. 그렇지 않아?"

그런 말을 하며, 케헤를 바라본다.

케헤는 영혼 상태에서 둥실 떠올라 그런 알스를 바라보고 있었다.

"나를 부른 게 너냐?"

그 말에, 케헤가 기분 좋다는 듯 수긍했다.

[내가 검은 진주의 껍질에 갇혀 있을 때부터 너를 불렀다. 그런데 애먼 놈이 오더군.]

"아아, 쟤는 맨날 나랑 비슷한 거 쫓아다니거든. 이번에도 저 녀석이 아주 조금은 빨랐던 것뿐이야."

[덕분에 흡수될 뻔했다.]

"그래서, 나를 왜 불렀던 건데? 먹힐라고?"

쯔아앙!

그때 푸른 허무의 푸른 화살이 알스의 뒤통수로 날아들었다.

알스는 인상을 찌푸리며 그 화살을 잡았는데, 이미 활시위를 떠난 화살이 알스가 잡은 것 말고도 10개는 넘어갔다.

"뭐야 이거?"

알스의 등 뒤에서 13마리의 영혼이 뛰쳐나와 그의 앞을 방패처럼 막아섰다. 곧 알스가 깊게 숨을 내쉬자, 그 숨결에 묻어나는 한기로 인해 영혼들이 딱딱하게 얼어 얼음의 방패가 되었다.

조금 전이었으면 모를까, 그릇의 한계를 체험하고 제대로 쉬지도 못한 상태인 푸른 허무가 뚫기엔 13개의 얼음장벽은 너무나도 거대한 것이었다.

"그래서. 나를 부른 이유가 뭐야?"

알스가 다시금 케헤에게 물었다.

[정확히는 네 안에 있는 구각랑을 부른 것이었다. 상황을 대충 이해하고 있었고, 그 녀석과는 이전부터 해오던 작업이 있었거든.]

구각랑을 불렀었다는 말에 알스의 눈살이 찌푸려졌다.

"살짝 기분 나쁜데?"

[구각랑은, 잠들었는가.]

"잠재웠다면?"

[그렇다면 나에게는 더욱 좋은 일이지. 내가 필요한 건 그의 힘이지 그의 극단적인 성정이 아니었거든.]

"오히려 더 잘 되었다는 느낌이네. 그건 살짝 기분이 좋아."

[그래서. 나를 포용할 생각인가?]

"공짜로 들어와 주겠다는데 마다할 생각은 없어."

[어차피 그릇이 훌륭하지 않으면 나의 염원은 이뤄지질 않는다. 그리고 너는 훌륭한 그릇이다. 나는 네가 필요하고, 너도 나를 미치도록 필요로 하게 될 것이다.]

"그러면 좋고."

알스가 손을 뻗어 케헤의 영혼을 쥐려 하였다.

그때 케헤가 살짝 뒤로 물러났다.

[마지막으로 하나만 묻지. 마도국의 황제는 건재한가?]

그 말에, 알스의 웃음이 짙어졌다.

"아버지는 너무 잘 계시지."

[키힉힉. 좋군.]

알스가 손을 뻗어 케헤의 몸을 쥐었다. 곧이어 케헤의 몸
이 알스의 손을 통해 스며들더니 가슴에 있는 사령의 보옥으
로 빨려 들어갔다.

"흐으으으으음."

케헤를 빨아들인 알스가 묵묵히 뒤를 돌아보았다.

그곳엔 기력을 다하여 입술까지 푸들푸들 떨고 있는 경식
을 볼 수 있었다.

알스는 그런 경식을 안쓰러운 듯 바라봤다.

어느새 케헤를 흡수한 알스의 피부에는 검은 색의 알 수
없는 문신들이 전신에 수 놓이듯 뻗어나고 있는 중이었다.

"나랑 싸울 힘. 남아 있나?"

"……."

"이곳에서 죽어라. 네 그 무거운 입과 함께."

피식.

경식은 너무 어이가 없어서 피식 웃음이 나오고야 말았다.

"정말 타이밍 죽인다."

그 말에 구미호가 적극 동의했다.

[하여튼 저 새끼는 마지막에 나와 갖고 지랄이야 항상. 경식아! 준비 됐어? 난 아까부터 되어 있었는데!]

'사실 지금 상태가 많이 안 좋기는 한데, 괜찮다기보다는 시간 끌어봤자 소울에너지가 회복이 될 것 같지를 않아.'

그 말에, 듣고 있던 회색 바람과 붉은 어금니 역시 고개를 끄덕였다.

[취이익! 지금 나의 상태는 그로기! 조금 더 있어 봤자 나아지는 거 하나 없기! 때문에 지금 바로 달려들어, 칠전팔기!]

'아니, 사자성어는 언제 배웠대? 그거 대한민국 사자성어인데?'

[취이이익!]

회색 바람은 경식의 체내에 머물며 살아가고 있었다. 그러니 알게 모르게 경식의 생각과 관념들이 회색 바람에게 스며들어가고 있었다.

말하자면 경식의 지식을 조금이나마 습득하고 있다고나 할까?

몸을 공유하기에 생기는 신기한 일 중 하나였다.

[토올. 나 역시 회.복이 거의 불가능한 지경.에 이르.렀다. 조금 전 너의 상.처를 치료하.는 데에 그나마 모은 기운.을 전부 소진하.고 말았다.]

장기가 흘러내리는 것을 억지로 집어넣을 정도였으니, 경식이 알스에게 당한 상처가 얼마나 위중한 것이었냐는 것을 단적으로 알 수 있는 대목이다.

오히려 그것을 회복시키고도 말을 하고 있는 것은 붉은 어금니가 대단하다는 증거였다.

[그래도 투마가 남아 있잖아? 출력은 괜찮을 거야.]

구미호의 속삭임에, 경식의 감각을 통해 그 이야기를 듣고 있던 투마가 눈을 부릅떴다.

[준다. 이번엔. 아니다. 죽어도. 아니다.]

[지금 저 괴팍한 계집애가 뭐라는 거니?]

'이번엔 내가 죽더라도 기운을 안 내준다는데?'

[방 빼라 그래! 이 미친년이 뚫린 입이라고 말을 막하네 진짜? 아니 방주인이 힘을 달라는데 지가 어쩔 건데? 허풍 떨지 말라고그래!]

이런 급박한 상황에서 강짜를 부리는 투마가 구미호는 마음에 들지 않은 모양이다.

[웃기는 소리 말고, 준비해. 직접 강령할 거니까.]

'흐음. 어쩔 수 없지!'

실질적으로 구미호와 연결이 되어야만 하는 상황. 경식 역시 드디어 마음의 준비가 끝났다.

직접 연결이 되면 경식의 몸이 구미호에 맞춰지는 현상이 발생하므로 꺼리는 부분이지만, 이렇게 된 이상 어쩔 수가 없다.

[이제야 내가 나설 차례로군!]

결심을 굳힌 구미호가 경식의 가슴속으로 파고들려 할 대였다.

"이보시오, 잘생긴 친구."

푸른 허무가 경식에게 다가왔다.

"지금 바쁜데 빨리 이야기 하실래요?"

경식은 유들유들하게 웃으며 경식이 하는 양을 지켜보고 있는 알스를 의식하며 그리 말했다.

저 녀석의 성격이 워낙 개차반이고 싸이코라서 지금 경식이 뭘 하려는지 궁금해 하지 않았더라면, 벌써 공격이 들어오고도 남았을 것이기 때문이다.

푸른 허무가 빙긋 웃으며 경식의 어깨에 손을 얹었다.

"나는 에리카라는 아리따운 처녀를 섬겼었소. 나 푸른 허무에게 있어 아리따운 처녀란, 목숨을 바쳐 지켜야 할 그런 대상이었지."

"저도 동정이긴 합니다만."

"……좋은 분위기 망치지 마시고, 들어보시오."

푸른 허무가 한숨을 푹 내쉬며 말을 이어 갔다.

"지금 눈앞엔 처녀들이 죽어 가고 있소이다. 그리고 내가 이 몸으로 할 수 있는 건 아무것도 없소. 정말 통탄할 따름이랄까…… 하하! 이거 외통수에 걸린 기분이랄까."

감상에 젖어 주저리주저리 하던 푸른 허무가, 경식에게 얹은 어깨에 힘을 꽉 주었다.

"뭐, 뭐예요?"

경식이 움츠리며 몸을 뒤로 빼려 했지만, 푸른 허무는 경식의 어깨를 놓아주지 않았다.

그리고 그곳으로 청량하디청량하고 순수하디순수한 푸른 기운이 들어오기 시작했다.

"남자를 섬기진 않소. 섬길 생각도 없고. 친구도 필요 없소. 더군다나 당신처럼 잘생긴 남성을 난 싫어한다오. 경쟁자이기 때문이지. 그것이 나의 신념이오."

"……!"

"하지만 레이디를 지키고 아리따운 처녀를 위하는 것 또한 나의 신념! 남자를 기피하는 나의 신념 따위 10개를 가져와도 100개를 가져와도 레이디와 처녀를 위하는 마음의 100분의 1도 못 따라간단 말이오!"

"아 그래서 어쩌라고요!"

"아 쫌 들어보시오!"

"쟤네 지금 뭐하냐? 테카르탄. 쟤네 뭐 하는지 알아?"

그 말에, 테카르탄이 얼굴을 굳히며 말을 이어 갔다.

"영혼이전 중입니다."

"……뭐야. 저 남자새끼도 영혼이었어?"

"어떻게 할까요."

그 말에, 알스가 싱긋 웃으며 어깨를 으쓱였다.

"놔 둬. 나도 최적화 작업 중이니까."

알스가 말장난을 받아준 것 역시, 알스의 몸이 지금 움직이기 적합한 상황이 아니기 때문이었다.

자신의 기척을 숨길 수 있는 상위 영혼인 검은 진주. 그 검은 진주의 전생 격인 케헤.

그 영혼이 가지고 있는 거대한 힘만큼, 그 힘을 끌어올리려면 최적화 작업이 필요했다.

그리고 그것을 이행 중에 있는 것이었다.

그 말에, 상황을 알아챈 경식 역시 당황스럽기는 마찬가지였다.

"뭐야. 지금 나한테 옮겨 오겠다고요?"

"싫지만, 그렇소. 처녀들을 지킬 방법이 그거밖에 없구려."

그 말을 끝으로 푸른 허무의 손이 축 늘어졌다.

몸이 모로 쓰러졌다.

털썩.

푸른 허무는 그렇게 정신을 잃었다.

아니, 푸른 허무가 사용하고 있던 그릇이 탈진하여 쓰러진 것이겠지.

[나를 받아들인 기분이 어떻소?]

경식이 씩 웃으며 손을 쥐락펴락하였다.

"죽다 살아난 느낌이로군요."

Chapter 8

다시 고른 백작령으로

힘이 넘쳐났다.

구미호 역시 하나 더 생겨난 꼬리를 확인하고는 미묘한
기분에 휩싸였다.

[뭐, 뭐야. 그럼 나 안 나서도 되는 거야?]

"우선 준비하고 있어. 저 녀석, 질 것 같진 않은데 이길 것
같지도 않아 지금은."

경식이 이를 악물며 알스를 노려봤다.

알스는 아직까지도 최적화 작업 중인지, 눈을 반개한 채
경식을 바라보고 있었다.

"너는 최적화 작업 안 하나?"

"이미 몸이 최적화 상태라서, 거기에 적용만 시키면 되는 것 같다, 나는."

"불공평하군."

"네가 아류라서 그래."

그리 말하며, 경식이 멍하니 있는 란시아를 바라봤다.

"이번엔 참 멍 때리는 경우가 많으신데요?"

그 말에, 란시아도 한숨을 푹 쉬며 어깨를 으쓱였다.

"할 수 있는 게 없어서, 관람하게 되네."

"어쩔 수 없죠. 하지만 당신이 필요한 상황이 왔습니다."

"……응?"

경식이 장난스레 웃으며 말을 이었다.

"푸른 허무가 미안하다고 전해 달래요. 저 처녀들을 위해선, 레이디가 희생을 좀 해야 한답니다."

"그게 무슨 말이니?"

경식이 손가락을 퉁겼다.

따악.

그리고 란시아의 몸에 있는 모든 옷가지. 정확히 말하자면 푸른 허무가 소싯적에 사용했었던 무구들이 봄 눈 녹듯 사라지며 경식의 몸으로 옮겨왔다.

망토, 부츠, 그리고 가죽갑옷. 심지어는 그녀가 머리를 묶을 때 사용하고 있던 두건까지 소싯적 푸른 허무가 살아 있을 때 쓰던 아티팩트였던 모양이다.

"꺄아아아악!"

단숨에 전라와 가까운 상태가 되어 버린 란시아가 온몸을 가리며 주저앉았다.

경식은 그곳에서 눈을 떼며, 알스를 바라봤다.

"네가 최적화를 끝내기 전에, 죽이겠다."

경식이 란시아에게 받은 검을 가로로 뉘었다. 곧 그 검의 앞과 뒤에서 푸른 기운의 활대가 생성되며 6미터의 장궁이 되었다.

그 중간을 잡고 뒤로 넘기자, 거대한 장궁이 더욱 젖혀지며 활줄이 경식의 팔보다 훨씬 뒤까지 뉘어졌다. 그리고 그곳엔 오리알 굵기의 화살이 어느새 재워져 있었다.

그것은 차라리 장창에 가까운 것이었다.

이것이 놓아지면 공기가 찢어발겨지는 거대한 소리가 날 것만 같았다.

하지만 그조차도 나지 않았다.

그저 광선이 날아가듯 앞으로 쏘아질 뿐이었다.

그리고 그 경로 끝엔 검은 진주에서부터 각성한 전생. 흑마도사 케헤를 삼키고 한창 몸을 최적화 상태로 바꾸고 있는 알스의 심장이 있었다.

하지만 알스는 웃었다.

그의 앞을 테카르탄이 막아섰다.

꽈광!

암흑투기가 잔뜩 실린 그의 검이 화살과 부딪치며 거대한 충격파를 일으켰다.

쩌릿쩌릿.

테카르탄은 자신의 팔을 쥐락펴락하며 경식을 노려봤다. 경식 역시 그런 테카르탄을 노려보며 말했다.

"안 나서는 것 아니었나요?"

"융통성이 아주 없진 않아서 말이다. 최적화 때까진 기다려라."

스윽.

그 말에, 경식이 자세를 낮추고 사라졌다.

란시아가 걸치고 있던 푸른 허무의 보구 중 허무의 망토를 사용해 몸을 감춘 것이다.

"……."

테카르탄의 표정은 여전히 무표정이었지만, 사라진 경식을 경계하는 기색이 역력했다.

잠시간의 정적.

곧 거대한 동공 가장자리에서 푸른빛이 아주 잠깐 반짝였다.

검을 든 테카르탄의 손이 뒤쪽 허공을 휘둘렀다.

팡!

화살 하나가 그렇게 소멸되었다.

하지만 그것은 시작에 불과했다. 동서남북 방위를 상관치 않고 푸른 화살이 테카르탄의. 정확히는 알스의 온몸을 노리고 들어오기 시작했다.

테카르탄의 얼굴이 짜증으로 물들었다.

기척이 느껴지지 않으니, 그때그때 번뜩이는 빛을 보고 반사적으로 반응을 해서 쳐내야 하는 것이다. 예측을 할 수 없으니 짜증이 날 만도 했다.

"번거롭군."

테카르탄은 눈을 감았다.

자신의 모습과 기척을 완전히 죽인 채 멀리서 원거리 공격을 해 들어오는 적. 그것은 마치 사신과도 같은 것이었다.

"곧 끝날 것 같은데. 버틸 수 있나?"

테카르탄이 고개를 저었다.

"버티지 못합니다."

팡! 파팡!

그런 대화를 나누는 와중에도 테카르탄은 전 방위에서 날아오는 화살을 쳐내고 있었다.

"그럼?"

"죽일 수는 있지요."

알스가 씩 웃으며 고개를 끄덕였다.

"죽을 정도면 상대할 필요도 없지. 어차피 목적은 저놈이 가지고 있는 영혼들이니까."

그 말이 끝나기가 무섭게 테카르탄이 눈을 감았다.

그리고 들고 있던 검을 검집에 집어넣었다.

후웅!

그의 몸에서 검고 끈적끈적한 수증기가 뿜어져 나왔다.

'소울에너지?'

100미터 바깥에서 전혀 다른 방향으로 화살을 쏘아내던 경식의 얼굴이 약간 찌푸려졌다.

저것은 소울 에너지와 비슷한 성격을 가지고 있었다. 하지만 란시아도 볼 수 있을 만큼 1차원적인 힘이었다.

본디 소울 에너지는 세상의 근본이 되는 기운이지만, 1차원적이지는 않다. 오히려 마나보다 훨씬 고차원의 에너지이다. 그래서 보통 사람들에게는 보이지 않는다. 귀신이 눈에 보이지 않는 것과 비슷한 이치다.

그런데 저 기운은 마나보다 싸구려다. 아니, 싸구려라기보다는 엄청 더럽혀져 있었다. 어떤 의미로 보면 정말 순수한 오물 덩어리라고 봐도 무관하달까? 코에서 고약한 냄새가 나 구역질이 날 정도로 말이다.

'그런데 뭔가 비슷하단 말이야……'

영혼을 이루는 근간. 순수하고 깨끗하기 이를 데 없는 소울에너지와 저 더럽고 추악한 기운이 아이러니하게도 비슷한 느낌을 준다.

'어쨌든, 괜찮겠지.'

경식은 지금 최대한 먼 거리에서 화살을 쏘는 중이었다. 화살은 한 곳에서 날아가지만, 거리를 두고 쏘면 경로를 휘게 할 수가 있어서 목적지에 당도할 때에는 동서남북으로 방향을 갈리게 할 수가 있는 것이다.

야구로 따지자면 직구가 아닌 커브라고 해야 할까?

공으로 회전력을 가미해야 가능한 것을 경식은 화살로 해내고 있었다.

이게 다 푸른 허무의 힘이었다.

[지금의 당신은 사신이오. 기척이 없는, 그러면서도 모든 것을 관통할 수 있는 사신.]

만약 테카르탄이라는 자가 소울 에너지를 보지 못하는 일반인이었다면, 어떻게 당하는지도 모르고 화살에 맞았을 것이다.

기척 없이 쏘아지는 한 줄기 빛.

그것을 막는다는 것은 그만큼 힘든 일인 것이다.

[그래도 상대방이 뭔가 있어 보이니 우리도 뭔가를 해야겠지. 그렇지 않소?]

그 말이 끝나기가 무섭게, 푸른 허무의 기운이 경식의 영혼 자체에 간섭을 해오기 시작했다.

예의 그 붉은 어금니와 회색 바람이 경식의 소울 에너지와 합쳐지기 위해 했던 그 의식이었다.

경식은 그 주삿바늘처럼 날카로운 힘을 받아들였다.

영혼에 날카로운 바늘이 박히고, 그곳으로 푸른 허무의 소울 에너지가 직접적으로 경식에게 들어오기 시작했다.

'흐으음!'

경식이 눈을 부릅뜨며 활줄을 당겼다.

쭈아아악!

푸른 화살에 보랏빛 구렁이가 똬리를 틀고는 꿈틀거린다.

이것이라면 모든 것을 뚫어버릴 수 있지 않을까 하는 예감마저 들었다.

경식이 손을 놓자,

푸른빛줄기 하나와 그것을 따르는 두 개의 보랏빛 빛줄기가 뿜어져 나와 알스의 심장으로 날아가고 있었다.

그때, 테카르탄의 눈이 번쩍 뜨였다.

"……!"

테카르탄이 빠른 속도로 경식이 있는 쪽을 향해 쇄도했다.

꽈창!

소리 없이 뿜어져 나온 강력한 화살은, 더욱 강력한 검격에 의해 유리처럼 부서져 나갔다.

그 소울 에너지의 파편이 테카르탄의 온몸을 뒤덮었다.

하지만 피를 흘리면서도 테카르탄은 앞으로 다가와 경식에게 검을 찔러 왔다.

평소 경식의 동체시력이라면 알아보는 것보다 빠르게 몸이 관통 당했겠지만, 지금은 푸른 허무의, 엘프 특유의 놀라운 동체시력과 함께였다.

'진짜 슬로우비디오처럼 보이네.'

거짓말 조금 보태서 멈춰 있는 것처럼 보인다.

중요한 건,

자신이 그 멈춰져 있는 테카르탄보다 움직임이 느리다는 것이었다.

보이긴 보이는데 피하지는 못하는 상황.

그렇다면 받아쳐야 한다.

그리고 어떻게 받아칠지 이미 생각한 바 있었다.

경식은 오른손으로 마검을 꺼내 들었다.

그리고 왼손으론 화살을 들었다.

화살의 한쪽 면이 들어가고, 얇고 길었던 푸른 광선이 검 모양으로 압축되어 적당한 길이의 광선검 한 자루가 완성되었다.

2도류!

경식은 살아생전 푸른 허무가 사용하던 2도류를 그대로 재현해 내고 있었다.

한 자루의 광선검과 또 한 자루의 마검이 교차하여 검게 번들거리는 테카르탄의 검을 막아갔다.

까가가각!

부족한 힘을 기교로 승화시킨 이도류는 테카르탄의 검술을 완벽하게 막아 냈다.

"……!"

부릅뜬 테카르탄을 바라보며 경식이 씩 웃었다.

"뭘 그리 놀라셔? 더 놀라야 할텐데."

챙!

경식이 테카르탄의 검을 뿌리치며 그 반동으로 물러났다. 그리고 물러나면서 허공을 짓밟았다.

그렇다.

말 그대로 허공을 계단처럼 딛고 뛰어오른 것이었다.

푸른 허무가 살아생전에 가지고 있던 마법부츠.

허공의 부츠의 진면목이 드러나는 순간이었다.

"흐아아아!"

경식은 테카르탄을 터널에 가둬놨다는 느낌으로, 허공의 면을 동그랗게 밟으며 오른쪽에서 위쪽으로, 위쪽에서 왼쪽으로 이동하며 두 자루의 검을 쉴 새 없이 휘둘렀다.

과연 테카르탄도 전혀 처음 보는 입체적인 움직임과 두 자루의 검격에 당황했는지 뒤로 물러났다.

여타의 검투처럼 뒤로 물러서면 따라붙을 줄 예상하고 반격을 할 준비도 끝마친 상태였다.

하지만 경식은 앞으로 치달리지 않았다.

오히려 뒤로 빠진 후 다시금 망토를 둘러서 사라졌다.

푸른 허무와 빙의한 경식은 검사가 아니었다.

그의 주력은 활.

궁수였다.

츄아아악!

1초에 20개가 넘는 자잘한 화살들이 테카르탄을 향해 빠르게 날아들었다.

'일일히 쳐내는 건 불가능.'

하지만 쳐낼 만큼 큰 공격들도 아니었다. 빠른 만큼 위력이 떨어지는 것이다.

테카르탄은 기합을 지르는 것만으로 주변의 화살들을 전부 튕겨 내었다.

갈!

파장창!

순식간에 쏟아진 백여 개의 화살의 대부분이 깨져 나갔다.

그나마 뒤에 있는 화살들은 테카르탄에게 날아갔는데, 그것마저 검막을 형성하여 방어했다.

대인전에선 모르겠지만 테카르탄에겐 별것 아닌 공격이었다. 그리고 경식 역시 그것을 알고 있었다.

그리고 그것은, 다음 공격을 준비하기 위한 시간 벌기에 지나지 않았다.

경식이 시위에 먹이고 있는 것은 빛의 화살이 아니었다.

마검.

경식은 활에 마검을 재워서 쭈욱 잡아당기고 있었다. 그리고 그 마검은 보라색으로 찬연하게 빛나고 있다.

이것을 당기면…….

'제아무리 네놈이라도 막지 못하겠지.'

경식은 그리 생각하며 입꼬리를 올렸다.

그리고 시위를 놓으려는 순간이었다.

쩌저저저적!

갑자기 주변의 공기가 차가워지더니 뼛속까지 얼얼해졌다.

그것을 느낀 테카르탄이 경식을 쫓는 것을 멈추고 뒤로 물러났다. 자신이 지키고 서 있던 알스마저 지나친 채 뒤로 물러난다.

"이제 끝난 것입니까."

"최적화 완료 같다. 그런데 왠지 좀 고상하게 변했는데?"

"그러게나 말입니다."

알스는 자신의 몸을 둘러보며 묘한 미소를 지었다. 경식은 그런 알스를 바라보며 이를 악물었다.

"원래는 신체변형이 심한데 말이야. 손에 뱀 비늘이 돋아난다거나…… 등 뒤에서 이상한 날개가 삐져나오거나. 그런데 이건……."

경식은 묘한 미소를 짓고 있는 알스의 상세를 보았다. 알스의 몸은, 공학도가 풀 수 없는 문제를 영원히 풀이하고 있는 듯한 공식과 도형들이 끊임없이 그려져 있었다. 알스가 문신이 끊임없이 새겨진 팔을 내보이며 씩, 웃었다.

"멋진 문신이지?"

물론 알스는 경식이 보이지 않기 때문에 허공을 보고 한 말이었다. 그리고 경식은 그것을 알기 때문에, 조금 전 당기고 있던 마검의 끝을 더욱 잡아당겼다.

마검에 서려 있는 보랏빛 아지랑이가 한층 더 짙어졌다.

겨눠지는 건 여전히 알스의 심장부분.

"호오. 뭔지 모르지만 살 떨리는 느낌이 전해지는군?"

경식이 보이진 않지만 살기는 느껴진다. 그럼에도 불구하고 알스는 빙글빙글 웃었다.

아니, 노래까지 흥얼거린다.

"흐응 흥흥. 흐음~ 흠."

그냥 노래가 아니었다. 노래를 부르면서 주문을 외우고 있다. 알스가 그럴수록 뒤쪽에 있는 처녀들이 한 명씩 두 명씩 픽픽 쓰러지고 있었다.

그녀들에게서 엄청난 기력을 뽑아내고 있기 때문일 것이다.

"이거, 최적화를 끝내고 나니까 네가 이해가 되네. 지금 넌 네가 날 이길 수 있을 것 같을 거야, 그렇지? 표정은 보지 못하지만 아마 그럴 거야. 분명해."

"……."

"그런데, 최적화를 하고 나니까 그런 느낌이 드네. 너를 이 한 방에 죽여 버릴 수 있을 것 같다는 느낌. 들어, 그런 느낌이."

[흔들리지 마시오. 나와 합친 당신의 상태는 최상. 훌륭한 화살까지 있으니 뚫지 못할 것이 없소이다.]

화살 끝이 흔들리자 푸른 허무가 경식을 독려했다. 경식은 고개를 끄덕인 채, 화살의 끝을 더더욱 끌어당겼다.

'한 방에 끝낸다.'

경식은 한계까지 당긴 화살을 놓았다.

그러자 화살. 아니, 마검이 놓아지며 공기를 뚫고 알스에게로 날아갔다.

그리고 때마침 알스의 흥얼거림이 멈췄다.

"엡솔루트 쉴드."

드래곤이나 사용할 수 있다는 나인 서클 최강의 마법이 그의 입에서 흘러나왔다.

째각!

방탄유리에 무언가가 날아와 박히듯 마검이 허공에 그대로 박혀버렸다. 엡솔루트 쉴드가 뚫릴 만큼 강력한 경식의 일격이었지만, 결국 그 끝이 알스에게 닿지는 못한 것이다.

"이, 이런!"

경식은 뒤로 물러나려 했다. 눈앞에 알스가 비웃음을 흘리며 그에게로 다가왔다.

어떻게 다가오고 있지? 허무의 망토를 분명 둘러쓰고 있는데?

그것은 조금 전 냉기를 뿜어내며 망토 주변으로 보인 푸른 성애를 알스가 미리 포착했기 때문이었다.

'하지만 피하면 되지!'

경식은 이미 푸른 허무와 빙의하여 이전에 없던 날렵한 움직임을 얻었다. 공격은 실패했지만 충분히 알스의 움직임에 맞춰 피할 수 있었다.

하지만, 알스의 입에서 흘러나온 다음 마법이 그의 움직임을 봉했다.

"홀리드 월팅."

8서클 마법.

주변의 모든 수분을 한 곳으로 모으는 마법이 경식의 코 앞에서 펼쳐졌다. 일반인이라면 피를 전부 피부 바깥으로 토해 내게 되는 악마의 마법이었다.

물론 소울 에너지로 몸을 보호하고 있는 경식이었기 때문에 그렇게 되진 않았지만, 움직임이 주춤거리는 것은 어쩔 수가 없었다.

게다가 이곳은 동굴. 주변에 습기는 넘쳐난다.

수분이 전부 한 곳으로 모이며 젖은 공으로, 물의 공은 점점 크기가 커져서 눈앞의 경식을 삼키기에 이른다.

"으읍!"

숨 쉬기가 곤란하다 싶던 그때.

뼛속까지 얼리는 한기가 걸린 알스의 손이 물의 구체를 뚫고 들어와 경식의 목을 쥐었다.

쩌저저저적!

"……!"

알스가 뿜어내는 냉기는 영혼까지 얼려버린다. 게다가 100여 명의 처녀들의 생기를 아낌없이 사용하여, 그 출력이 평소의 3배를 상회했다. 더불어 흑마도사 케헤의 힘이 더해져 한 점에 집중할 수 있는 한기의 농도가 급격하게 짙어진 상태였다.

말 그대로 죽음의 손.

경식은 그 손에 목이 잡혔고,

얼었다.

영혼까지 말이다.

"……!"

[경식아아아아!]

구미호가 경식에게로 달려왔고 알스는 그런 경식을 구미호에게 던져 버렸다. 구미호는 날아오는 경식에게 그대로 파고들었고 그 안에서 경식의 몸 안에 그대로 현신했다.

구미호가 경식과 합쳐지게 되면 경식은 구미호에 적합한 몸으로 변하고 만다. 그렇기 때문에 언제나 최후의 최후의 수단으로서 행해 왔고 그럴 때마다 경식의 동의를 구하곤 했다.

그런데 지금은 경식의 목소리조차 들리지 않았다. 구미호가 다급한 것은 바로 그 때문이었다.

회색 바람의 힘을 빌려서 몸을 단단하게 만들 수 있고, 붉은 어금니의 힘을 빌려서 재생력을 북돋을 수 있다. 푸른 허무와 함께 하여 그의 힘을 빌려 쓸 수도 있었다.

그리고 여우구슬에 사는 그들의 힘 전체를 구미호의 힘으로 치환하여 구미호 자체를 경식의 몸을 빌어 이 땅에 현신

시킬 수도 있게 되었다.

하지만 그 모든 것은, 경식이 살아 있을 때의 이야기이다.

경식의 몸은 자기 자신의 소울 에너지로 보호받고 있어서 웬만하면 파괴되지 않는다. 더군다나 지켜보고 있던 영혼들이 경식의 몸이 파괴되기 전에 억지로라도 자신의 힘을 밀어 넣어 방어한다.

하지만 그것도 '이러다 죽겠네'라고 느껴야 가능한 일이다. 하지만 지금 경식은 말 그대로,

죽었다.

[경식. 아? 경식아? 정신차려! 정신차리라고!]

구미호가 소리치는 가운데 알스가 퉁명스럽게 내뱉었다.

"뭐야. 되게 쉽게 돼지네. 저거 심장 멎었지? 또 살아나거나 그러진 않나?"

알스의 말에 테카르탄이 짧게 대답했다.

"심장이 멎었습니다."

"호오."

알스는 이렇게 쉽게 죽일 수 있을 줄은 몰랐는지 약간 놀라워 하다가, 장난스레 내뱉었다.

"이제 너도 죽일 수 있는 건가?"

"십 중 무."

"뭐야. 거짓말 치고 있네."

"질문이 잘못 되었습니다."

"그럼?"

"힘의 우열만을 가린다면 십 중 삼사."

"호오. 꽤나 올라갔구만 그래."

알스는 장난스레 그리 말하며 경식. 자세히 말하자면 경식의 시체로 걸어오고 있었다.

구미호는 차갑게 식어가는. 아니, 이미 영혼까지 얼려버리는 한기를 경험한 경식의 시체를 끌어안고 어쩔 줄을 몰라 하고 있었다.

구미호가 여우 불을 사용하여 경식의 몸을 녹일 순 있다.

하지만 멈춘 심장을 다시 구동시키지는 못한다.

멈춰 버린 심장.

그 심장은 돌아오지 않는다.

알스가 다가오자 구미호가 알스에게 달려들어 여우 불을 내뿜었다.

하지만 경식과 결합하지 않은 구미호 따위 알스에겐 날파리 그 이상도 그 이하도 아니었다.

"귀찮네."

팍!

손짓 한 번에 날아간 구미호가 땅으로 나동그라졌다.

알스는 축 늘어진 경식을 다시금 들어 올린 후 찬찬히 감상했다.

그의 입꼬리가 말려 올라간다.

"거참 되게 예쁘장하게 생겼네."

"어서 영혼을 빨아들이셔야 합니다."

"감상할 시간이라도 주면 좋겠는데, 네 말이 맞기도 하니까."

그리 말하며, 알스의 손이 경식의 명치. 정확히 말하면 여우구슬이 있는 곳으로 움직였다.

"이놈은 사령의 보옥을 몸 안에 감추고 있네."

"정확히 말하자면 사령의 보옥의 역할을 하는 무언가입니다."

"그러니까. 그게 뭘까?"

"지금 확인해 보시지요."

"그러지."

말을 하는 와중에도 알스의 손이 경식의 가슴 께를 향해 계속해서 다가갔다.

알스의 귓가에는 경식 안에서 아우성치는 영혼들의 울림이 들려 왔다. 뭐라고 그러는지는 모르지만, 알스에게 좋은 소리를 하고 있지는 않겠지.

"곧 네놈들을 아주 처절하게 부려주마."

알스는 씩 웃으며 그렇게 경식의 몸속으로 손을 집어넣

었다.

아니, 집어넣으려 할 때였다.

떠질 리 없는 경식의 눈이 추켜 떠진 것은 바로 그때였다.

"클."

"뭐야. 너……?"

알스가 기묘한 듯 고개를 갸우뚱 할 때, 경식의 입에선 경식의 것이 아닌 괴팍한 목소리와 함께 알아듣기 힘든 말이 흘러나왔다.

"하지만. 싫다. 이 녀석."

"아니 알아듣게……."

"너. 싫다. 더욱더. 보다. 이 녀석."

"너. 뭐하는 영혼이냐?"

그 말에 대답하는 대신. 경식은 손을 들어 자신을 쥐고 있는 알스의 손을 꽈악 쥐었다.

알스의 손은, 말 그대로 얼음마저 얼려버리는 초저온의 냉기를 뿜어낸다. 그것에 경식이 당해서 심장이 멈추고, 말 그대로 '죽었다'는 말이 옳을 정도의 상황이 되었다.

역시나 조금 전과 마찬가지로 알스의 손을 잡은 경식의 손이 얼어붙기 시작했다. 헌데 중요한 것은 얼어붙었음에도 움직이는 것이다.

마치 심장이 멎었음에도 몸을 움직이는 것처럼, 부자연스

럽지만 확실하게 움직인다.

그리고 그 악력은?

뿌득. 빠드드득!

"……!"

알스가 깜짝 놀라서 뒤로 물러나려 했다. 하지만 경식은 그런 알스를 놓아 주지 않았다.

"이, 이런!"

알스는 조금 전처럼 마법을 사용하고 싶었지만, 이미 거대한 마법을 한꺼번에 사용했기 때문에 이미 마법을 사용할 수 있는 상황이 아니었다.

경식과의 단 한 번의 손속다툼을 위해서 그가 사용한 힘은 그만큼 막대하게 들어갔다.

덕분에, 사실 지금 눈앞의 '되살아난' 경식의 손아귀에서 벗어날 방법을 알스는 갖고 있지 못했다.

"무슨…… 힘이 이렇게…… 세?"

"크르!"

경식은 씩 웃으며 오른손을 꽉 말아 쥐었다.

손을 휘두르는 경식의 눈동자는 피처럼 붉게 물들어 있었다.

가까스로 정신을 차린 구미호가 눈을 부릅떴다.

[넌…… 경식이 아니야.]

경식이 아니었다.

그렇다고 푸른 허무도, 회색 바람도, 붉은 어금니도 아니었다.

이 상황에서 경식의 몸을 움직일 수 있는 영혼은 그 셋 중엔 없었고 더욱이 구미호 역시 그것은 마찬가지였다. 불가능했다.

그럼 남은 영혼은 단 하나.

투마였다.

투마의 주먹이 알스의 명치 부분을 가격해 갔다.

꽈앙!

"커헉!"

알스는 흑마법사의 힘을 받아들였다. 처녀들의 생기 역시다 빨아들였다. 애초에 구각랑을 굴복시키고 얻은 힘은 흑마법사와 처녀의 힘을 모두 합친 것보다도 강력하다.

그는 솔직히 자신이 무적이라 생각했다.

헌데, 아무리 한 번에 힘을 많이 소진했다고 해도 말이다.

눈앞의 영혼 하나에게 이렇게 쩔쩔 메는 건 말이 되지 않았다.

그렇게 생각하는 것이 사실 당연하기는 했다.

하지만 눈앞의 영혼은, 강력한 몬스터. 그 몬스터 중에서도 최상위에 위치한 오우거. 그 오우거의 종이 존재한 역사상 가장 강력했던 객체의 영혼이었던 것이다.

이름하여 투마.

완력에 대해서는 그 누구에게도 지지 않는 이 영혼은, 지금 감히 자신의 멱살을 잡은 알스라는 객체를 말 그대로 '찢어' 죽이려고 하고 있었다.

투마의 양손이 알스의 어깻죽지를 잡고 그대로 찢어 버렸다.

쁘아아악!

"끄아아아아아아아악!!"

절대의 완력. 그리고 그 완력을 견디기 위한 탄력 있는 가죽. 그 밑을 꿈틀거리는 근육. 그것은 어쩌면 회색 바람의 강력한 피부보다도 더한 방어수단이라 할 수 있었다.

초근접전에서의 절대강자인 투마에게 초근접을 내준 알스의 운명은 몸이 찢겨 나가는 것이었다.

"끄아악! 이, 이게 무슨! 으어어어!"

"킬킬킬킬킬킬."

투마는 한 번 잡은 표적은 놓치지 않는다. 바스라질 때까지 꽉 움켜쥔다. 그리고 그러기 위해선 틀어쥔 알스보다 몸집이 커야 했다.

경식이 죽었기 때문에 가능한 일이다.

경식의 등 뒤로 오우거의 팔 하나가 쑥 뽑어져 나왔다.

상반신이 아닌, 초록색의 팔 한 짝.

하지만 그 팔 한 짝은 지렁이가 꿈틀거리는 것처럼 굵은 핏줄이 치렁치렁 치감고 있는 엄청난 팔뚝이었다.

그리고 손의 크기는 성인 남성 한 명을 충분히 쥐어짤 수 있을 정도로 넓고 거대했다.

그것이 알스에게로 다가왔다. 저것에 쥐어지면, 지금처럼 무방비가 된 알스는 흔적도 없이 쥐어져 터질 것만 같았다.

그때 테카르탄의 검이 그 팔뚝을 절단하려 다가왔다.

쓰악!

그리고 절단했다.

하지만.

콰앙!

등 뒤에서 뽑아진 손이 아닌 경식의 주먹이 테카르탄의 복부를 가격하자 테카르탄이 사라지더니 멀리 있는 벽에 부딪쳐 신음을 토해 냈다.

"크으."

만만치 않은 상대임에 분명한데, 간과하고 달려든 값을 톡톡히 치른 격이었다.

"완력 하나만으로 이렇게 엄청난 힘을 발휘할 줄이야."

테카르탄은 그리 놀라며, 자신의 품 안에 들려 있는 알스를 놓아주었다. 투마가 휘두른 주먹을 받아내는 사이 알스를 구출해 온 것이다.

"죽다 살아났다. 진심."

알스는 솔직하게 말했다.

테카르탄 역시 솔직하게 말했다.

"저 영혼은 아무래도, 저희가 얻지 못한 영혼일 테지요."

"그때…… 그 오우거의 영혼인가 보군. 저렇게 강했었나?"

"하지만 근접전에서의 이야기. 지금은 떨어져 있으니, 별것 아닙니다."

그리 말하며 테카르탄이 검을 꽉 쥐었다. 그러자 그의 검에서 3미터에 달하는 검은 기운이 뿜어져 나왔다.

"이 정도의 거리면, 충분합니다."

"나도 가세하지."

퍼펙트 힐링.

알스는 자신의 몸에 힐링 마법을 걸며 벌떡 일어났다. 애초에 있던 키메라의 회복력에 더해 마법까지 걸리자, 그의 몸이 몰라보게 회복되었다.

"회복을 저지하는 힘은 없나보군."

"순수한 완력일 뿐입니다. 방심하셨지만, 이젠 아니시지요."

"죽이는 일만 남았군. 아주 잠깐 당황했다, 빌어먹을 새끼야.”

이를 악물며 알스가 다가오려 하자, 경식. 아니, 투마는 그런 알스를 바라보며 앞으로 다가가려 했다.

그런 투마를 구미호가 막아섰다.

아니, 막아섰다기보다는 경식의 몸속에 있는 여우구슬로 파고들어가 강제로 투마의 움직임을 제압했다.

“크르!”

[똑똑히 들어. 넌 너의 능력을 사용해. 어떻게든. 어떻게든 경식이의 심장을 움직이게 해.]

“그렇다면. 싫다?”

[싫다면? 이라고 말하는 거야? 싫을 리가 없을 텐데? 이대로 끝나면, 너 역시 있을 자리를 잃게 되니까.]

그 말에, 투마가 이를 악물며 웃었다.

사실 이렇게 나선 것도, 경식이 정말 위험해서 움직인 것이기 때문이다.

“부족하다. 자질이다. 한참. 위하다. 굴복시키기.”

알 듯 모를 듯한 말을 내뱉은 투마가 눈을 감았다. 그러고는 알스와 테카르탄에게서 시선을 돌려, 란시아를 바라보았다.

최대한 인간이라도 알아들을 수 있을 만큼 짧은 말로.

“도망간다.”

그 말에, 란시아가 고개를 끄덕였다. 그녀 역시 모든 상황을 지켜보고 있었다.

그녀는 이를 악물며, 어느새 데려온 슈아를 둘러업고 출구 쪽으로 달려갔다. 그리고 그것은 경식의 몸을 빌린 투마 역시 마찬가지였다.

하지만 그것을 그냥 놔둘 알스와 테카르탄이 아니었다. 둘 역시 둘을 쫓으려 했다.

하지만 그때.

천장이 무너지며 갈색의 벼락이 바닥으로 뚝 떨어져 내렸다.

꽈강!

"늦지 않았습니까!"

상황을 모르는 제이크였지만, 알스와 테카르탄을 저지해야 하는 것쯤은 알고 있었다.

그는 다시 되찾은 소울이터를 등에 메고, 알스와 테카르탄을 노려봤다.

"흐음!"

그의 오른 어깨는 축 늘어져 있었지만, 왼손은 건재했다. 하지만 그것만으로는 테카르탄과 알스를 동시에 제압하는 것은 불가능했다.

너무 늦어 버렸다.

"그렇다면, 로열티여!"

소울이터에서 뿜어져 나온 갈색 기운이 말의 형상을 하더니 제이크의 앞에 나타났다.

그러고는 올라타려고 했다.

물론 그것을 그저 보기만 하고 있을 테카르탄이 아니었다.

"……!"

테카르탄은 자신의 흑검을 검집에 넣은 채 앞으로 치달렸다. 검집에 넣어진 저 검은, 눈 깜짝할 사이를 열 번은 쪼개야 겨우 잡힐 속도로 뽑혀, 이번에야말로 제이크의 몸을 베어 버릴 것이 분명했다.

씨익—

제이크의 입꼬리가 호선을 그리며 말려 올라갔다.

그리고 느리지도 빠르지도 않은 자연스러운 속도로 소울이터를 테카르탄의 검 앞으로 갖다 대었다.

소울 베슬 3단계.

응용기.

그리고 검과 검이 맞닿는 순간!

꽈드드드드득!

제이크 앞으로 긴 도랑이 생겼다. 그 끝에는 허리 아래가 전부 땅에 박힌 테카르탄이 눈을 찢어져라 부릅뜨고 있었다.

"이게……."

테카르탄은 얼이 빠진 듯 그리 말하며 제이크를 노려봤다.

제이크가 어깨를 으쓱이며 피식 웃었다.

"네 말대로다. 소울이터를 들지 않은 나와 지금의 나는 완전 다른 사람이지."

"……."

"지금은 가겠다."

"도망가는 것이냐."

우뚝!

그 말에, 제이크가 피식 웃었다.

"도발을 해 봤자 소용이 없다. 주인님의 목숨과 관련된 일이니까. 그럼!"

제이크는 올라타는 추진력을 얻기 위해 뒤로한 발자국 물러났다.

툭.

그런데 그때 발에 무언가가 채였다. 뒤를 돌아보니, 꽤나 익숙한 얼굴의 잘생긴 남자 하나가 쓰러져 있는 게 보인다.

아란츠였다.

"흐음!"

제이크는 아주 잠깐 처후를 고민하다가, 아란츠의 팔을 잡고 들어 올린 후 로열티에 올라탔다.

그리고는 동굴 입구 쪽으로 질주했다.

물론 입구 쪽으로 이동하는 경식과, 슈아를 업고 뛰던 란시아를 한꺼번에 픽업한 것은 당연한 일이었다.

"……."

빠른 속도로 사라지는 경식 일행을 멍하니 바라보던 알스와 테카르탄은 이를 악물며 앞으로 나아갔다.

그레이트 헤이스트.

알스의 주문에 가뜩이나 빠른 움직임이 두배 세배 빨라졌다.

그들은 극적으로 로열티의 속도에 맞춰 앞으로 나아갔다.

추격전이 벌어졌다.

로열티를 탄 경식일행과 알스와 테카르탄은 서로 쫓고 쫓기는 추격전을 하며 공작령의 입구까지 나아갔다.

하지만 그곳엔, 이미 교단에 연락하여 이단심문관들을 대거 끌고 온 아그츠가 있었다.

입구에 온갖 바리케이트를 채우고 포위망을 좁히려던 아그츠와 백 명이 넘는 이단심문관들이 가까워져 오는 흙먼지를 확인했다.

아그츠가 경식의 얼굴을 확인하곤 외쳤다.

"쿠드 에리오르슈. 제이크! 이번엔 놓치지 않겠다. 우리 교단은 너희들을 박멸하기 위해……!"

히히히히히힝!

로열티는 그런 아그츠 일행들과 정면으로 부딪쳤다.

많은 이단심문관들이 검을 휘둘러 그것을 저지하려 하였다.

하지만 로열티 자체는 무형의 기운으로 만들어진 것. 그것이 베일리 없고, 그들 역시 로열티에 의해 날아갈 리 없었다.

3미터가 넘는 키를 가지고 있는 초대형 말. 로열티에 타고 있는 경식 일행은 마치 벽을 통과하듯 그들을 통과해 도심 속으로 스며들었다.

"뭐, 뭐 저런……."

아그츠는 어이가 없어서 소리쳤다.

"잡아. 잡아야 한다. 저 녀석들을 잡아야……!"

그리 말하다가 다시금 아그츠의 입이 쩍 벌어졌다.

뒤늦게 아그츠가 있는 곳으로 다가오고 있는 이의 얼굴이 너무 낯이 익었던 탓이다.

꿈에서도 잊지 못했던 존재.

바로 알스였다.

그리고 알스의 뒤에는 정체 모를 키 큰 검사가, 검은 검을 들고 적의어린 시선으로 아그츠와 백여 명의 이단심문관들을 노려보고 있었다.

"어쩔 수 없군. 우선 눈앞의 적을 잡는다."

두 마리의 토끼를 모두 잡을 수는 없는 법이다.

아그츠는 왼손으로 자신의 검 날 부분을 꽈악 쥐었다.

붉은 피가 튀며 검날을 적셨다.

교단에서 몇 안 되는 성혈의 소유자, 아그츠. 그가 최고의 상대를 대접하는 일종의 인사치레였다.

"덤벼라, 알스!"

알스는 이를 악물었다.

"아아, 이런 미친."

"쫓을 방법이 없습니다."

"그놈의 십 중 무?"

"예. 십 중 무."

"아아, 저 새끼 진짜. 진즉에 죽였어야 했는데 말이야."

그의 손에 살을 에는 한기가 뿜어져 나왔다.

"어차피 죽여야 할 놈들이잖아?"

"지당합니다."

"사냥감을 놓친 값을 톡톡히 해 줘야겠어, 네놈."

"아그츠다."

"알스다, 빌어먹을 놈아!"

둘의 신형이 어울렸다.

동시에 백여 명의 이단심문관들 역시 테카르탄과 어울렸다.

그러는 사이,

경식 일행을 태운 로열티는 서쪽으로 치달렸다.

목적지는 고른 백작령.

그들을 유일하게 편들어주는 영주가 있는 곳이었다.

〈다음 권에 계속〉

새빨간 당근 판타지 장편소설
FANTASY STORY & ADVENTURE

붉은여제

dream
books
드림북스

정준 현대판타지 장편소설

MODERN FANTASY STORY & ADVENTURE

기적의 엡셀도

열정 페이가 난무하며 돈이 돈을 낳는 이상한 세상
돈도 없고 빽도 없고 스펙도 없는 정지우.
이제 희망은 하나뿐이다.

★
dream
books
드림북스